LA LUNA ES UN TIBURÓN

JOAQUÍN HURTADO PÉREZ

Crónicas escogidas. Selección de autor

Joaquín Hurtado Pérez

La luna es un tiburón

La Pereza Ediciones

La luna es un tiburón
© *Joaquín Hurtado Pérez*

© De esta edición 2023, La Pereza Ediciones, USA
www.lapereza.net

ISBN: 978-1-6237521-3-2

Diseño de los forros de la colección:
Estudio Sagahón / Leonel Sagahón
www.sagahon.com
Portada y Maquetación Julián Herrera

LA LUNA
ES UN TIBURÓN

JOAQUÍN HURTADO PÉREZ

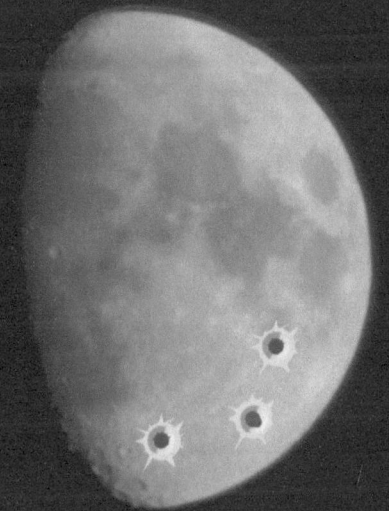

Crónicas escogidas. Selección de autor

LA
PE
RE
ZA EDICIONES

Joaquín Hurtado: *Vade retro satana*
Luis Panini

Machos súper maricones, vestidas demacradas, chi chifos *ordeñables*, seropositivos marginados muriendo las mil muertes en lo oscurito debido a un bicho amoroso que hace su nidito en aquellos intersticios que nunca les son ajenos a la mierda. Así se deshilachan, así se van desbaratando, a solas o con los menguados coros plañideros de una ristra de apestados que ya comienza a cobrar la misma herencia: capricho virológico, armonía de caca y leche. *Ay, es que esos sí son bien cochinos, oye*, dicen las almas bien pensantes, otro coro, pero uno que se cree finolis, compuesto de esos que van a misa los domingos y sólo cogen —aunque nunca de perrito, porque así nomás las putas y manfloros— para procrear, para concederle más bocas al hambre y agujeros al ozono, porque así lo dicta un hombre en drag desde su palco sampetrino y sempiterno. *Que se mueran solos, oye, pues en el pecado llevan la penitencia*, gorgoritean las comadres copetonas y los sacrosantos mandamases de familia durante sus marchas de odio. Ángeles sin alas.

Ahí queda retratado tan solo un paupérrimo cachito de la variopintísima fauna hurtadiana, tan nocturna y lúbrica que casi se antoja carnaval. Y es que desde el inicio Joaquín entró vociferando en esta mazmorra que solemos llamar Literatura, así, porque la que él escribe lleva "L" mayúscula. Han pasado treinta años desde la publicación de *Guerreros y otros marginales*, su primer libro, y desde entonces se ha perfilado como una de las voces más radicales, venenosas y estrambóticas de la literatura mexicana actual. Con títulos como —además del ya mencionado— *Laredo Song, Crónica Sero, La dama sonámbula, Teorema del equívoco, La estructura de Andrómeda*, etc., Joaquín Hurtado encuentra acomodo en su propio pedestal, y ahí ha permanecido solo, porque ese registro literario tan cáustico que, sobre todo, ha favorecido el género de la crónica (terreno donde ilimitado se desborda), no tiene paralelo en nuestra literatura o en la de otras latitudes, ni siquiera en la parisina, neo-yorquina, santiaguina, angelina y londinense que ha favorecido como tema una plaga ruin que desde hace cuatro décadas tiene al mundo entero mordiéndose las uñas. Es, sin el menor asomo de duda, uno de los escritores mexicanos que más resisten clasificación. A ratos filosófica, a ratos deslenguada, la obra de Joaquín Hurtado se caracteriza por dos pasiones: una honestidad brutal y una idiosincrasia idiomática que le permiten acceso a ese grupo tan reducido donde sólo encuentran cabida los escritores de primer orden.

Desde su primer libro Joaquín era ya un escritor maduro, sin vacilaciones narrativas o experimentaciones estilísticas. No existe en su trabajo una etapa de descubrimiento o la búsqueda de una voz, un libro que podría tildarse de iniciático, porque desde ese primer escupitajo nos ha dicho lo que le da gana, sin tapujo alguno o disfraz amilanado para no ofender la psique colectiva de las buenas conciencias que lo señalaron y siguen señalándolo como una *persona non grata*.

Vade retro satana, le han aullado las burocracias sanitarias, perras igual de licenciosas, pero regentadas por el asco y el temor a Dios. *Vade retro satana*, le han gruñido esos caciques bigotudos, titiriteros gubernamentales que invariablemente ignoran a las minorías y terminan por chingárselas. *Vade retro satana*, también le han bramado incontables damas emperifolladas que defienden la supuesta incorruptibilidad de los culos de sus nenes ante los modos peligrosos y el palabrerío filoso de este dragón de dos cabezas, escorpión de cola ponzoñosa.

En *La luna es un tiburón* el autor reúne apenas quince crónicas que funcionan como una introducción perfecta para quienes no lo han leído y como una síntesis rabiosa para quienes ya conocen sus dotes literarias, porque en las páginas de esta colección quedan apiñadas sus mañas verbales y el tipo de confesiones telúricas que lo sacuden a uno sin previo aviso. En este libro, exento de circunloquios, queda plasmada, y sin filtro, la vida y realidad opresiva de las esquinas, callejuelas y guaridas de una de las ciudades más nefastas del planeta. Gracias a un humor recalcitrante y maldiciente de doble filo, que a veces se presenta como mofa auto-denigratoria y otras veces como denuncia furibunda, podemos ser testigos de la alquimia de Joaquín, de su delirante fábula.

Hay en estos textos una luz negra, una inmediatez que puede incomodar; en conjunto forman un catálogo de estrategias para mantener la testa por encima del nivel del agua, para vivir una existencia plena que desafía estadísticas. Aquí queda encapsulada su poética de trinchera, el jolgorio que lo envuelve día y noche. Su escritura, barroquísima, no cuenta con la trayectoria cíclica y predecible de un satélite, sino con el ímpetu de un meteoro fuera de control que amenaza destruirnos porque exacerba las formas de narrar, las dinamita para reconstruirlas desde un "yo" que no desaparecerá, aunque se le ignore. Así nos enseña el gozo incontenible que puede desprenderse de la vida, sí, pero también aquel que merodea la muerte.

Joaquín Hurtado ha hecho de su vida un arte y está haciendo del arte una vida de intensidad envidiable. Por eso, resulta placentero que por primera vez su obra sea publicada y leída fuera de México, concretamente en Estados Unidos. Allí de seguro encontrará lectores que se verán inmersos en esa vida suya, intensa, y de nuevo, envidiable.

1

LA VIDA BOCA ARRIBA

Morirse viendo cómo te caes a pedazos ofende a los demás pero aguza los sentidos y purifica el alma. Te santifica como chapuzón en un río de aguas cristalinas, luminosas. Los colmillos de Dios se clavan lujuriosos en las últimas astillas de tus huesos de pajarito. Cuánta belleza en este morir lento, calendarizado, sofisticado y mamón. Si uno quiere hace del sida una agonía muy nais. Morirse de esto, de esta palabra que no volveré a mencionar, de este concepto que aturde y vuelve torva la mirada de quien la escucha es algo que a nadie deseo, pero de tanto morirme ya no puedo vivir sin ello. Es más, a mí me sigue causando cierta sensación de hastío, de aburrimiento decirle a los otros, sí, efectivamente estoy así de seco porque tengo "eso", qué flojera tener que abrirles la conciencia para que convivan con la de situaciones, ideas, gestos y demás parafernalia que requiere uno para enfrentar esta chingadera. Leo la vida, la vida no me puede leer a mí. Ahora me dicen la Perrita por brava y chiquita, dejo a

cuenta de ustedes lo que traen detrás estos apelativos.
Es que uno lo que siempre necesita es ser original, ser
el ápice de las referencias, el modelo único, la fuente
de las copias al carbón de los sufrientes de este fin de
milenio. A lo mejor no están de acuerdo conmigo pero
la humanidad, en plena orillita del veintiuno, necesitaba
una peste de esta magnitud. ¡Mira que cagarse en el
palo del amor! Porque por amor uno se enferma de esto.
Fíjate que fulanita ya anda muy mala, pero claro, si
bien que cogía porfiadamente con zutanito que para
nada clausuraba tamaño corazón de bodega. ¡Pobres
de las amorosas! No me vengan por favor con la mamada
de que el sexo seguro hace la diferencia entre los apestados y los limpios. Cuando uno se emperra por un garrote manda a la jodida el puto hule. Contéstenme, ¿de qué
sirve becerrear si no has de tragarte la caliente leche
que te hace más poderosa? La otra vez estaba en una
fiesta de locas, allá en Indeco City, donde por miles de
años fui nada menos que la Emperatriz Dragón. Por
sobre mí sólo estaba la Reina Madre, la Pancha, pero
ya muy aplaudida para las necesidades de la Corte. Fui
entrando al fiestón y amigos y enemigas se quedaron
pasmados, paralizados, cimbrados por un rayo viviente
que era su Emperatriz Dragón, con veinte kilos menos,
pañal desechable evidentemente resaltando en sus
licras, trastabillando con unos tacones ajenos y una
mirada perdedora detrás de sus pupilentes verde-tiempo.
Me rodearon las perras menores y me bramaron, me
acribillaron con una cuestión que las desmadraba por

la madrugada o en las crudotas de san lunes: dinos con quién te has acostado de nuestros maridos, dinos, infame, que queremos saber, qué será de nuestros hogares y nuestras posesiones, qué infamia si a una de nosotras, hermosas flamas nocturnas, le diera el mal. ¡Qué injusta eres, Emperatriz Dragón! Mi encabronamiento no fue por tan infortunadas y pendejas cuestiones, tampoco por la falta de decoro de las pinches podridas de mis súbditas, sino por la pérdida inminente de mi alta investidura. Es que para llegar a Emperatriz Dragón de Indeco City tú tendrías que partírtela desde los ocho años, más o menos, y acabar bajo los pesados hierros de tu carro, envuelta en las entrepiernas de cinco chacales, mismos que ya te habían entregado su tierna pasión en la Playita. Porque ese es el principal don de una Jota Reina: preparar al mayate, educarlo desde que nace, formarlo a punta de cerveza, mota y orgías en su paso por la adolescencia, refinarlo en el trato al puto, al pulpo, al pulmón. De esto y más podría darles cuenta, pero desde la volcadura en Gonzalitos en mi volks del año mi imperio fue cayéndose a pedazos. Primero la media docena de maridos; los más recientes se me fueron de las manos cuando les faltó el alimento de su reinita, el apapacho de su madre alcoholizada, que les perdonaba todo, que les conseguía las novias, que les bautizaba a los críos, que les arreglaba las broncas con las amantes y las suegras, que deshacía los sortilegios de las brujas de la San Jorge, que les cortaba el pelo según Luis Miguel dicta la moda. Quién los llevará, papacitos, a la peregrinación al Santuario, a dar las mañanitas a la Morena del Tepeyac. Mis viejos, son lo que más me duele. Aquel mercado real donde yo tasaba, ponía precio, dirigía las transacciones y me quedaba con lo mejor; todo se quedó entre los vidrios inastillables del volks y un diagnóstico de "positivo" en un examen que yo nunca solicité. Y las culeras de mis comadres histéricas, el joterío aullando de rabia porque una puede morirse de lo que sea, menos llamarle a la Pancha por teléfono una mañana de domingo y decirle a boca de jarro: "Perra, estoy infectada", y la otra ver cercenada su patética carrera de loca mañosa —a eso le llamo yo voltearse a los machines, que obvio sea dicho el asunto: no lo son tanto porque no hay borracho que trague camote—, oírla desmayarse y responder luego con un "ah, sí y oye, puta, ¿qué has sabido de la nueva reina del Scorpio?". Y el mayaterío zumbando alrededor de la Pancha porque ella pepenaba lo que yo dejaba, y las mujeres de los mayates, las madres de las mujeres, las suegras, y el sacerdote y hasta las enfermeras del centro de salud, con sus lápices amarillos y sus formularios amarillentos donde según ellas tienen la clave administrativa para detener esta pendejada. La mamá de Pepe, un chile dulce de recién ingreso, arrastrando su dignidad y su vergüenza: "dime, Emperatriz, ¿te cogiste a mi bebé?, ¿estás segura?, por amor de Dios, dime que no fornicaron". Nomás por su valor de perra madre, por su lobez, le dije lo que no quería escuchar, lo que no era cierto: "La verdad, con tu chamaco sí me puse el hulito, nomás de pura casualidad, porque ese día andaban la pirujas con la novedad de los condones fosforescentes". Yo, luciérnaga que ilumina sus aposentos con el culo dichoso y juguetón. Y de pronto ya, que se acaba el runrún. Y mi madre pudo salir a gusto al mercado y yo a cortar pelo en mi estética, y la gente se acostumbró a que Emperatriz tenía el mal y hasta salía en la tele diciéndolo, y la gente tan a gusto sabiéndose rodeada de la calamidad, de esa cosa que anda y no se sabe dónde anda. Porque me veo las venas, tan azules y tan pegadas al esqueleto y me digo dónde estás pinche bichito inmortal, cagador del palo del amor ahora que tanto lo necesitamos, voluntad de Dios en las alturas de su maldad suprema. Y todo tan normal como en los noticieros de la guerra donde la gente anda paseando a sus bebés en las carriolas y nomás apresura tantito el paso cuando cae un obús cerquita. Emperatriz hable y hable y que cuídense, cabrones y nada pasa, el puterío a todo lo que da, mame y mame y metiéndose hasta lo que no, porque la verdad, nadie tiene, o ha tenido, o tendrá este enflaquecimiento, esta piel gruesa de costras, este chorrillo que se lleva al drenaje toda nuestra belleza. Pus y dolor hasta la médula. Se vuelve uno invisible. Los demás me niegan con la luz de sus ojos. No, esto no existe, es invento de la televisión, de los gringos que al no tener más en qué ocuparse andan creando demonios. La Emperatriz muere y su nobleza la abandona en el momento cúspide. Todas quieren la corona y luchan coléricas y se la arrebatan, perdiendo compostura y gracia. Las condesas abofeteando a las marquesas, principesas arrastran de las greñas a las equis. Trucos y chiches, postizos y pestañas quedan como reguero en la casa de la Chape, de la Pancha o del mecánico Juan. Silicones chorreados, costillas y tacones rotos, el caos se ha instaurado en este pujante territorio oriental. Los cabrones se dan entre sí. Ya no hay más decencia en mis dominios. Que esto sirva de ejemplo. De entre este desmadre yo saco la mejor parte: sentada en mi poltrona de realeza venida a menos, ficho al albañil del vecino que le apuntala un vaciado. A los cinco minutos de verlo, rodearlo, acosarlo con mis artes de jota milenaria, ya lo ven en la sala de mi casa; mi madre, casi ciega, hilvana sus colchas de nunca jamás. La cabeza de marrano arrancando con famélico mordisco uno de mis pezones, mascando viva mi maldecida carne. Cabeza de marrano metiendo su áspera lengua en tu culo. Luego el empuje del semen rudo en los entresijos. Aquéllas matándose por derribar mis estatuas de marfil y yo quedándome con la mejor parte del botín. Porque sigo siendo la dueña dama de estos campos, de cuanta brageta cruza y se interna en sus callejones y baldíos. Señoras y señores, todo, a pesar de todo, se me acaba. Lo acepto, lo reconozco, prendida como voy de tubos y jeringas en esta puta ambulancia. Perdida en las pupilas agotadas de mi hermana, que de tanto verme morir ya no sabe ni qué es morirse. Ahogado en Diazepam, oxígeno y sábanas azules, amordazado por mi propia mierda en la boca porque el vómito no ha cedido desde las tres de la tarde. Comprendo que todo va quedando atrás, con la luz de esos mercuriales, con el ruido magnificado de los niños, perros, motores e intestinos humanos. La vida corre y pasa sin detenerse en mí. ¿Soy un estorbo para la existencia, para la creación, para los planes de Dios en este sector de la galaxia? ¿Es la vida un litro de suero, una camilla zangoloteada por cien mil baches, un espacio de viento huracanado que transcurre debajo del chasis de esta jodida y pestilente camioneta? Eso es lo malo de este mal: uno nunca acaba de despedirse. Apenas se va cerrando el telón después del último debut, después de la última hospitalización con sondas, aparatejos en la cabecera y enfermeros con cubrebocas y trajes de astronauta, sin esperárselo nadie (nadie es decir mucho; sólo mi hermana, un triste predicador de versículos apocalípticos que merodea en la sección de los enfermos terminales y una asistente siempre encabronada), se levanta de nuevo el cortinaje de este escenario y ¡tarán! Hete aquí sin más que representar que tres o cuatro kilos menos, nalgas ampolladas, llagas en la espalda y un páncreas peloteado. Va de nuez la esperanza: un paseo por la Alameda, un domingo de gatas y sardos, es mi mejor reconfortante, además de los calditos de pichón de doña Eulogia. Eso es lo malo de este mal sin nombre, de este mal indecible: dejas de dolerte hasta de ti mismo, dejas de aparecer en la nueva agenda de compañeros de trabajo y los doctores te miran con una familiaridad de zoológico. De mi madre y de mi cabeza de marrano no digo nada. Pero todas esas lobas al acecho, desde los visillos de sus guaridas, matándote a rumor pelado, a rumor batiente en la misma puerta de tu casa. Oiga, doña, que Emperatriz ya se pirró. Hasta mi madre ha entendido que es mejor morirse de una vez en lugar de andar dando tanto de qué hablar. Mi triste madre que no sabe cómo degustar cada instante de este suplicio en carne viva. Se bebe conmigo las babas y los ayes. Las lobas de Indeco son como todas las lobas del mundo. No me quejo, yo les pulí las garras y los caninos, eduqué su olfato y les vacié el último reducto de piedad. Son odio quintaesenciado, puro, brillante. Que me traguen viva las hijas de la chingada, pero que me trague alguien de una vez por todas. Que vayan a mi cama en Infectología, con su carita de ocasión y su tarjeta comprada en Sanborn's, pero que vayan. Un enfermo ilumina —lo compruebo en el espejo— con luz cadavérica, pero luz al fin, el espacio que le rodea. Que se acerquen a mí los desalmados viejos de las treinta mil jotas. "¿Y cómo has seguido, mana?". Y yo sin contestar nada, ojos pelones, secos, mudos porque les pesan los reflejos de todos los demás que murieron antes que yo, de los cinco putos que se cargó la jodida antes que a mí, de los otros cinco que se lleva la chilla en las otras camas de esta sección, de los otros cincuenta mil que habrán de caer de sus hilos de plata, de sus camas empapadas en el sanguinolento sudor de los fiebrones. Una comadre le pregunta a la otra: "¿Y le pones el condón a tu pelado?". Y la otra le contesta: "Eso es para las promiscuas, yo le soy fiel". Este mal, digo yo, le da sólo a los pendejos. Bueno, al menos ése es mi caso. Un pendejo que se quiso pasar de listo. Mi generación es de locas babosas. Cegadas por el destello de la lágrima dulce en la punta del casco nazi. Ahí se los dejo. Mediten hermanas de verga. Porque para sufrir nomás yo. Es decir, la carrera por el desastre más chingón comienza en este charco de sangre que ahora mancha los calcetones cuadrados de mi hermana. La ambulancia no se detiene y mi asco, mi infinito asco tampoco. Corren las apuestas, la sala de Yumiko, la jotona antiquísima y solitaria de Los Cedros, está llena de chacales y chichifos, algunos menores de edad, de esos que jalan por una Tecate o un churro de mariguana. Canallas de todos los rumbos vienen a reblandecer sus reatas de vez en cuando en rituales violentos y exclusivos. El judicial Soledad entrena a Camelia en su noche de debut, yo presido el acto solemne. ¡Silencio en el mundo! Sólo una bocina rasposa suelta una cumbia de la Sonora Dinamita, que no se oye tanto como el majestuoso grito de la Camelia con su culo de trece años desgarrado por Soledad. El borbotón de sangre enrojeciéndole las manazas. Una chichifa cobardona pide que perdonemos a la ensartada, que la desencajemos, pero es muy tarde porque yo, la Emperatriz dueña de la lujuria y del destino, he ordenado que nada se modifique hasta que Soledad, el macho, termine y descanse como dicta la ley, sea ésta cumplida por cada una de mis hijas, su sagrado deber para con el mayate. Tratan de despertar a la Camelia mientras yo limpio con la lengua la sangre, la leche y la mierda en la verga de mi macho. La Yumiko dice no reacciona la Camelia. Qué honor, digo yo, morir cogida y levanto la caguama para brindar con aquellos hombres horrorizados, con aquellos niños hipnotizados, con las jotillas que se despelucan y no ven lo que creen o no creen lo que piensan ver. La desbandada y los pinches putos maricaneando al punto de llamar a Seguridad Pública. Por Gonzalitos, por las cinco a-eme, ya volaba yo en picada hacia Ruiz Cortines desde el paso a desnivel. Con un virus añejo, con cinco chacales trémulos y un cartón de cervezas en la cajuela. Ya mis venas están taponadas, no así mi cajón de recuerdos. Hace mucho calor adentro de esta perrera. ¿Estaremos pasando frente a Hylsa, o es Soriana? Cada cual organiza su vida para llevársela a donde le pegue su pinche gana. Me muero a los veinte, señoras y señores, me carga el chile siendo una estela de humo, una apariencia, un fantasma dentro de un espejismo, una loca en un mar de locas hincadas en los patios de Seguridad, mientras encuentran al asesino de Jaime Cortés Hernández, alias la Camelia. El mal es personal, singular, se amolda a uno y viene acabando en la punta de estas alas inmensas que de tan blancas no se pueden ver. Tengo el mal de todos, porque soy todos al mismo tiempo, el pecado de cada una de ustedes. ¿Eres homosexual?, me pregunta en su dialecto la señorona de clase media que estudió algo de psicología mientras escribía poemas a su marido que de seguro gusta de ser cogido por los travestis del Suárez. No, le digo a la señora de clase media que viene a velar enfermos, sólo soy un macho al que le gustan los machos. Y la señora se va con el pensamiento a la Isla del Padre y toma fotos igualmente mentales de sus nietecitos que corren perseguidos por las olas grises de ese mar ojete. Me la viven poniendo fácil para ladrar. Finalmente, le ha resultado todo sencillo a la Emperatriz Dragón, loca con la lengua tinta en la mierda y la sangre de su ahijadita Camelia. Si se me atraviesan escupo en sus blancos modelitos Benetton. Soy joto y también tengo problemas como todas ustedes, perras pordioseras del domingo en Liverpool. Porque más pronto que tarde estarán también nueve horas en la sala de emergencia del Universitario, tragándose su propia arcada, con su hermana al lado, acicalándoles las plumas de estas incómodas alas de ángel insobornable. La agonía purifica, repito, mientras un pasante de médico muy guapo me toma el pulso y define el cuentagotas donde a su vez se define mi vida. Soy loba de toda la vida, pero sin poder ser lo suficientemente cruel como este muchachito de bata blanca, con su rostro sonrojado y saludable, que no sabe ni ha sabido jamás lo que es despertarse en medio de una laguna de diarrea. Su bondad es pura apariencia, porque la mía viene de una expiación vital, actualizada, enviada desde arriba, divina. Es cierto que cuando a uno lo borran de la libretita telefónica de alguien se aligeran las cosas, se ve el mundo desde otra perspectiva. Estar aquí, flanqueado por tripas, botones, pestilencia de asépticos, torundas de alcohol y carátulas de instrumental médico, sin el permiso de tu marido cabeza de marrano, se vuelve más cómodo sin tantos ojos tenaces que no te sueltan; sin tantos signos de admiración que te compran en lo que sea un pedacito de agonía santa. Y dan saltos de entusiasmo viéndote cómo te arrastras con la cabeza despeñada en los últimos estertores de este vals de quince años que se llama "A usted le quedan sólo unos días de vida". El médico guapo, metódico, calculadamente compungido, viene y me da su mano, su asquerosa mano de chico buga y católico. Yo, hipócrita y dulce, agradecida y eróticamente excitada respondo a su apretón, por dentro de mí le digo chingas a toda tu rebomba. No se imaginen cosas, no se me adelanten, no me estoy muriendo. Después de esta crisis (lo sé después de una docena de situaciones similares), me he de levantar, cual cachonda Lázara, moveré rocas cual mi señor Jesús, y saldré al aire, a ese cochino y dulce aire que los castos y los impíos respiran cual la cosa más normal, pero que después de una tuberculosis ya no es lo mismo. Y me detendré en el balcón de mis memorias de moribunda, rozaré con mis yemas el filo de un fino ataúd de tres mil pesos, me sofocaré adrede entre alcatraces o como quiera que se llamen las pinches flores de las muertas, y me diré a mí misma lo que sólo una diosa puede decirse en su devastador aburrimiento de siglos de eternidad: ¡Heme aquí, y quiero un hombre para distraer mis altas labores de creadora de inmundicia! ¿Vendrán por sí solas las hordas de novicias, perfumadas hienas, jotonas vestidas, enamoradas lobillas, riatudas marquesas, mariguanas chichifas, volteadas barbudas, imperiosas chacalas; todos esos elegantes miembros de mi estirpe, de mi venenosa casta de bienaventurados jotos a besarme la frente y agradecerme el último aliento? Soy como una perrita en la llovizna y un tren me pasa encima.

"La vida boca arriba", texto que abre esta colección, después de circular informalmente entre los lectores fue incorporado al volumen de crónicas y cuentos titulado *Laredo Song*, 1997. Consejo Nacional para la Cultura y las Artes – Conarte NL, . Ha sido llevado a los escenarios, la pieza se ha presentada en dramatizaciones callejeras con fines preventivos en varias ciudades de México.

2

TODOS MIS NOMBRES

Siendo yo Joaquín quería encender mi propio nombre y empezar a ser Joaquín, como mi padre quien me nombró así para honrar a su padre, que se llamó Joaquín, que a su vez se llamó como su padre y así hasta los etcéteras del juego.

De pronto vino el hielo que me apagó el nombre. El nuevo Joaquín congeló un nombre que andaba de caliente jugando el fuego, entonces ya no tenía yo mas que fiebre, impotencia y Sida. Aquel día me tragué cuantas píldoras encontré sobre la mesita de noche. Me hallaron bocabajo, con la soledad incrustada en las pupilas y la espuma del desprecio en la boca.

Me iba a morir en un camastro inmundo como nunca lo imaginó mi tatarabuelo Joaquín. Miserable Joaquincillo, rodeado de flashazos y reporteros. Consignan con saña la truculenta historia para ejemplo los demás joaquines. Dan santo y seña; con nombre, apellido y domicilio de este loco Joaquín. Dijeron éste ya mero se nos iba.

Pero no me fui. Lo peor de mi vida quedó como único legado para una azorada familia de joaquines anónimos.

Muerto Joaquín, siguió la rabia.

"Todos mis nombres" originalmente fue publicado en el libro *Crónica Sero*. Conarte- Conaculta, 2003. La presente versión corresponde al volumen de narrativa reunida en dos volúmenes, *Vuelta Prohibida I*, Atrasalante-UANL, 2017.

3

NOTICIAS DEL SIGLO

Eran los ochenta. Me lo habían contado de otra manera. Me hablaban de maricas descarados en las playas de California. De tribus comechangos en países impronunciables. Me habían dado noticias escalofriantes de artistas, estrellas con vicios inalcanzables para mi sueldo de burócrata. Me advertían de prostitutas y drogadictos viviendo en alcantarillas. Me decían que el "mal" —porque siempre hay un bien, aunque nadie sepa dónde está— no alcanzaría a un joven profesionista con sueños clasemedieros. Me aseguraban que con negarlo tres veces antes de dejarme caer en mis rústicos placeres era más que suficiente para mantenerme al margen de todo pecado.

Era la televisión de los ochenta que me enseñaba las calaveritas parlantes. Me confirmaba lo lejos que estaba el riesgo. Me mostraba a aquellos travestis coyoteros arrepentidos que pagaban la penitencia de su mal camino, que nos asustaban menos que una redada en La Ópera, el bar de locas donde ligaba.

Eran los periódicos de los ochenta. "Miren todos cómo luzco, ya no sean promiscuos como yo que estoy mala, por su bien", decían los enfermitos a las camaritas, escoltaditos por las monjitas clase Calcuta. Pero la súplica de aquéllos redentores se diluía entre los anuncios de cerveza y políticos que no desaprovechaban la oportunidad para agandallarle todo a doña Gomorra.

Eran las noticias ochenteras que repetían hasta el cansancio la noticia de un virus con nombre difícil y apellido aún más nebuloso, con tal de que nadie se apropie del mensaje. Era claro que algo andaba por allí. Pero no era para mí, para ti, nosotros. La gente normal, como usted y su esposa, podía saberse libre de riesgo, en la ciudad sólo había tres casos confirmados: los tres tristes tigres que se atragantaban en el meadero. Nomás tres. Ya todo mundo nos conocía.

Por eso cada quien se vino a instalar soberanamente en la cómoda periferia de su inocencia. Sin saber, sin temer. Porque quién habría de arrojar su primer test a la pila donde ardíamos los putos. Porque además eran los ochenta, y después de los setenta, el sexo sabe light.

"Noticias del siglo" pertenece al libro *Crónica Sero*. Conarte- Conaculta, 2003. La presente versión corresponde al volumen de narrativa reunida en dos volúmenes, *Vuelta Prohibida I*, Atrasalante-UANL, 2017.

4

ENFERMEDAD Y CONCEPTO

Era un ochentaitantos y la trampa estaba tendida. Espléndido jardín del depredador. Alguien me estaba ocultando algo. Eran los ochenta y mi provincia era la virgen inmaculada gobernada por el sexo light.

Era el 86, presente lo tengo yo, cuando desperté con una punzada que subía desde el hombro hasta el pabellón auricular. Era marzo y no sabía que ya habían caido decenas, centenas, miles de pendejos como yo, que amanecieron con un dolor similar.

El carnívoro ya tenía rostro reconocible para el médico —feíto por morenito—, que en el escritorio del Hospital Universitario dictaminó, como quien saborea un ingrediente desconocido en un platillo exótico: "Es muy claro, usted padece un herpes Zóster muy agresivo". Sobre mi dolorosa quemadura, a bocajarro tiró: "¿Ya se hizo el examen del AIDS?". Así, en idioma inglés.

Eran los ochenta y yo poco o nada sabía de la íntima relación entre uno y otro concepto. Zóster-Sida. Unidos por un examen con nombre de mujer: Elisa. Pero la tele sólo mostraba videos de Madonna. El Sida era, cuando mucho, el cuadro de una loca arrepentida con un Cristo crispado en los huesudos, largos dedos, despidiéndose de sus asqueados padres. ¿Zóster?, ¿Sida?, ¿yo? Sí.

Todavía no se me morían Marcos, Zulema y Jazmín, más putas que yo. ¿Cómo habría de alcanzarme el AIDS?

Pero ya me lo habían dicho. Mal, pero ya me lo habían comentado. A medias, pero ya me lo habían avisado. A veces me encontraba condones usados en los retretes del Cine Chaplin. Y algún periódico de nota amarilla trataba de advertir al ídolo Juan Gabriel: "¡Querido, el Sida!".

Mi hermana Carmencita me lo había sacado a cuento porque sospechaba de las noches que me amanecía ¿o me alunecía? fuera de casa, de peda en la cantina, yo invitando a los machines otra ronda de Cartablanca. Antes de pasar al mingitorio, venerable urinario, como le decía mi amigo Rey. Allá se medían tamaños, se discutían precios.

Eran los ochenta y no olía tan denso el aroma a muerte. Con el Zóster, cual flor de íntimo y espinoso cactus, conocí los inmundos consultorios populares. Con mis frasquitos de plasma recorro los dispensarios que dan servicio al depauperado ciudadano para quien nada, literalmente nada, tienen para sus duras dolencias.

Yo me sentía distinto. Yo tenía mi puesto medianero en la burocracia. Yo no era parte de la perrada que ya entonces manchaba con sus pústulas nuestros morideros. Yo no tenía por qué esperar tres años para la ronda completa de agujas, inspecciones, hurgoneos.

Cuatro meses y un día, cuando ya había olvidado el mapa conceptual Zóster-AIDS, me llegó un telegrama. Cita en Urgencias, Hospital Universitario. Recibí por vía postal aquel indiscreto mensaje de una autoridad sanitaria más espantada que nadie. Pendejos.

"Enfermedad y concepto" fue publicado en el libro *Crónica Sero*. Conarte-Conaculta, 2003. La presente versión corresponde al volumen de narrativa reunida en dos volúmenes, *Vuelta Prohibida I*, Atrasalante-UANL, 2017.

5

LAS GANAS

Qué friegas pasaba. Todo por dárselas de decente. La verdad es que se la comían las ganas: un noviecito, mano remojada, cartitas, suspiros, una boda de blanco, foto en marco dorado, hijos, mmh. Puros sueños. Ella había nacido para no ser amada.

Un chavo, su vecino, parecía bueno y honrado. Respetuoso y trabajador. Desgraciadamente no contestaba al lanzamiento de los canes de nadie porque ya tenía su corazón ocupado. Muy serio él. Se la pasaba cuidando la piel de su volks súperdeportivo. Su novia vivía en otra colonia.

La chica de las ganas era amiguísima de otra chava quien ya había salido con aquél. La amiga le calentó la situación. Le contó que fíjate, mana, ahí donde lo ves tan santito una vez me invito a dar el rol y ¿a que no sabes qué? ¡Va y se saca la cosa y me la enseña y dice bésala! Y manita, qué cosa tiene. Es un marrano. Yo le dije guácala, ¿qué te crees, estúpido? Desgraciado, mañoso.

El vecino del volkswagen ni pelaba a la muchacha de las ganas. Ella trabajaba en una farmacia y salía a las nueve. No quería pensar en él y no pensaba. Bueno, sí, tantito. Qué cosas se me ocurren, qué barbara, se decía. Una comenzón le quemaba las manos y los cachetes cada vez que su imaginación se le escapaba hacia el reino de lo innombrable. Él, aunque la viera pasar, ni fu ni fa, como si no pasara nadie.

Pero hubo un día que se encontraron. Él lavaba el carro a manguera viva, ella —por los nervios quizá— no se fijó donde ponía el pie y dio el cuartazo. Él corrió en su auxilio: qué te paso, ven recárgate en mi carro, ¿salió sangre?, deja te ayudo con tu bolsa. Ella lloró mucho, muerta de vergüenza más que del trancazo. Desde entonces ella pasaba y adiós, adiós. Ya por lo menos no la ignoraba. Pero con lo que le había contado la amiga era imposible que lo mirara a los ojos. Un calosfrío la mareaba. El terror y una obscena curiosidad le ahogaban el pecho. Peor cuando lo miraba en shorts y sin camisa.

Una noche ella esperaba el camión en el centro. Él pasó y le ofreció un raid. Ay, ahorita no, gracias, van a venir por mí. N'ombre, súbete, yo te llevo más rápido. Bueno, está bien, nomás porque vienen todos los camiones bien llenos. Y cuando iban para su casa el chavo le platicó muchas cosas que inspiraron confianza a la muchacha. Cosas del trabajo, del estudio; normales. Se preguntaron los nombres, los propios y los de sus novios. Ella inventó un bonito apelativo para un enamorado inexistente. Él la invitó a tomar un refresco. Bueno, voy a ver si puedo,

¿cuándo?, contestó ella. Ahorita mismo, exclamó él. La muchacha se negó, se volvió a negar y al final dijo, bueno, nomás un ratito porque mis papás me esperan, y se me va a pasar la novela. Y añadió otra condición: que no lo vaya a saber nadie.

Llegaron a una taquería. Tomaron cocas. Él fumó y habló por teléfono. Apenas ella se animó a contarle la verdad sobre su triste condición de mujer sin amor, cuando él dijo vámonos, hay que llegarle.

Ya venían en camino y ella pensó soy una pendeja. Él cantaba en voz alta, el estéreo a todo volumen. Él le avisó de un pequeño cambio de planes, tenía que recoger un par de libros, no muy lejos de allí. Okey, pero que no se haga muy noche, respondió ella resignada. El auto fue metiéndose en un laberinto cada vez más oscuro y desconocido. Pasaron por una colonia en construcción, se detuvieron en algo que parecía campo de futbol.

Voy a mear, dijo él. Un calambre paralizó la lengua de la chica y ya no pudo decir nada. Estaban en un rincón bien oscuro de la cancha. Ella quiso bajar y correr. ¿A dónde? Me va a violar. Mi amiga tenía razón, es un pinche morboso. Yo tengo la culpa. ¿Sabrá que todavía soy virgen? ¡Qué estúpida, en qué estoy pensando! Pero si viene y me obliga... ¡Ay Dios! ¿Qué creerá que soy? Mis papás lo van a matar.

Asco, mareo, ganas de llorar. Él regresó y prendió el motor. Ya vámonos, ya se hizo tarde. Ella murmuró: ¡idiota! Él platicando tan tranquilo: que los rines-trece-baja, que el magnesio mejor que el aluminio, que sus compadres son bien a todo dar. La chava venía callada, las manos metiditas entre las rodillas. Él siguió: fíjate que un día le robaron el carro a un amigo mío. Mala onda. Por eso yo lo tengo asegurado, aunque me cueste una lana.

Ella empezó a respirar más tranquila. Es buen muchacho, pensó. Las ganas de ser amada, loca, agresivamente, volvieron a su piel. El chavo ni en cuenta, prendido de su plática sobre el refrendo de las placas, los vidrios ahumados y la inconveniencia del color negro para los coches compactos. La chava se sintió salvada cuando vieron la luz. Odiosa, penosamente salvada. El baboso en la luna: afirmando que el color rojo es más bonito en los vochos bajitos. De repente él tomó su mano y se la estiró y le dijo agárramela, chiquita.

Ella reaccionó tarde. Vértigo. Corazón engarruñado. Estómago sofocado. La rabia de ser tratada así pero la mano se movió solita. Él entendió la complacencia. Soy una muchacha seria. Él ofreció más. Nadie lo sabrá, tengo que conocer más de la vida y de los hombres. Blandito y húmedo. Qué hora será. La mano engarrotada. Más vale que obedezca porque quién sabe. Esta experiencia me hará madurar. El volkswagen es muy incómodo. Soy una marrana. Hondos suspiros. El chavo tendido, la chava a punto. Llegó la policía montada.

Una lámpara en la ventanilla. Gritos. Bufidos de caballo. Tres jinetes. Mucha luz. Sacaron al chavo, lo esposaron. Degenerados pornográficos. Piruja. Chacalón. Nos vamos a llevar el carro, ustedes se van pa´l bote.

No puedes arreglar con nosotros, pendejo, a ver qué le dices al Capitán, y a los del periódico, y a los papás de esa perra. No, cincuenta mil es muy poco. Hay que llamar a la grúa. Mi carro no, por favor. Cien mil sí, pero para cada uno. No traigo tanto dinero. Entonces te jodes. Pregúntenle a la ruca a ver si completa la multa. Nomás trae lo de su sueldo, dos cincuenta. Cáite muñeca. Pero... ya lo debo todo. O sueltan lana o a morder garrote. Ni modo.

Ahuéquenle. Sí, ya nos vamos. No volvemos, no, claro. A la próxima al motel, pinches calientes. Ora, ya váyanse antes de que se arrepientan los caballos. Sí, señor oficial. Soy una pendeja, gritó par fin la chava, y nadie la pudo callar hasta que llegó a su casa. A sus papás les dijo que la habían asaltado en el camión. El chavo corroboró cada palabra y se fue sin despedirse. Desde entonces esta chava es la más santa del vecindario. Del chavo ya no sabemos sus mañas.

"Las ganas" corresponde al libro *Guerreros y otros marginales*. Conaculta, 1993. La presente versión corresponde al volumen de narrativa reunida en dos volúmenes, *Vuelta Prohibida I*, Atrasalante-UANL, 2017.

6

LAS RELACIONES OCULTAS

Corrían los ochenta y era abril. Un negro virus ya había madurado en mi cristalino árbol linfático. La esperanza renacía en mi corazón con doble fondo. Tenía yo un novio muy guapo. Y con la insolente primavera encima de nosotros, esa primavera que suele agobiar a los enamorados de mi especie. El polvo de las ventoleras de febrero-marzo se había ido, yo habitaba en el hoyo donde viven los que malviven con adicción al sexo.

Me había entregado en un plan compartido al corazón de Luis, antes de que se fuera a una plataforma de Pemex. Un día me escribió, no volvería jamás porque se iba a cazar dólares y soledades en Kuwait. Con esto había descendido yo al pozo de los asediados por la desesperanza de no vivir ya nunca jamás en Canadá. Perseguido por la quimera de una casita de interés social con hijos correteando en mi regazo, como las mujeres locas de mi familia, me resigné. Mi sino en este mundo es andar a salto de mata, chico triste del barrio que habría de ver transcurrir su existencia huyendo siempre del amor, ese perro del mal.

¿Cuándo me iba yo a imaginar eso de venir y quedar frente a este médico que se relame los bigotes de gato montés, saboreando cada palabra cuando me sorraja la noticia, siendo yo apenas una niña que por inocente —o pendeja— ni piedad merecía: "Me imagino que ya tienes listo tu servicio funeral, Joaquinito, sabemos que tienes Sida, verdad."

Nomás para decir esto me había enviado aquel telegrama el hijodeputa.

"Las relaciones ocultas" fue publicado en el libro *Crónica Sero*. Conaculta-Conarte, 2003. La presente versión corresponde al volumen de narrativa reunida en dos volúmenes, *Vuelta Prohibida I*, Atrasalante-UANL, 2017.

7

LOS MAGUEYES

Amor de la calle
que buscando vas cariño
con tu carita pintada
y tu corazón herido.
Fernando Z. Maldonado,
canta Chelo Silva.

L os dos callan. Martín es oficial del ejército mexicano. Ha venido con su uniforme verde olivo. Es su día franco. El otro es Felipe. La peluca rubia lo hace verse más moreno. "Dicen que tú me engañas desde hace tiempo, dicen que no me quieres, no sé por qué, se me llena de nubes el pensamiento, sácame de esta duda por nuestro bien". El polvo facial no logra cubrir el acné que le invade el rostro. Su delgadez bien proporcionada es un atributo y lo asume con soberbia. Su estatura se incrementa con los altos tacones que suele calzar. La pareja fuma compulsivamente y bebe despacio la cerveza. Hay silencio en sus bocas y miradas.

Felipe tararea la canción que toca el grupo. De vez en cuando saluda con una leve sonrisa a alguien que recién llega. "Hace ya muchas noches que ya ni duermo, los celos me consumen pensando en ti, y de tanto que dicen me siento enferma, piensa que no es posible vivir así". Entre Felipe y Martín se levanta una muralla de ira y venganza. El soldado bebe de su botella, la vista fija en dos agaves de neón.

Felipe sube a la tarima donde amenizan los músicos. Camina de un lado a otro. Se toca la nariz, ve hacia el infinito. Su mano temblorosa sujeta el micrófono. La melodía es lenta y melancólica. "Yo no puedo pedirte que me sigas amando, tampoco he de implorarte amor por compasión, fingiste que me amabas, y yo tan insensata, creí en tus juramentos como se cree en Dios". Su gruesa voz masculina contrasta con el movimiento delicado de sus caderas.

Es confuso lo que Felipe canta. El rostro se le pierde entre la maraña de pelo. El humo de los cigarrillos flota sobre la clientela. Todo está iluminado por la tenue luz de las farolas rojas y azules. La luz blanca envuelve al cantinero que sirve desganada_mente. Alguien levanta la voz cantando un corrido y luego lo remata con un grito agudo y lastimero. Felipe prosigue con su canción desentonada. Su cara es inexpresiva. Pasa la mano por la cabellera postiza. "Me enseñaste a querer para martirizarme, partiste en mil pedazos mi amante corazón, sólo un favor te pido, no vuelvas a buscarme, ya no seas tan cobarde, respeta mi dolor". Es evidente que Felipe se contiene para no llorar. Limpia el maquillaje que se deslava con el sudor. Cierra los ojos. Le duele lo que canta, como le duelen las ofensas de Martín. Concluye la canción. Nadie aplaude. Nadie lo escuchaba. Aun así Felipe pronuncia un "gracias" inaudible. Baja.

Felipe regresa junto al militar. Al momento de sentarse se desequilibra y parece que va a caer. Martín lo toma de un brazo y lo sostiene. El apretón de Martín lo lastima. Felipe se aparta con brusquedad y lo mira rencoroso. Martín sonríe complacido. Felipe abre su bolso de mano y saca un espejito y un lápiz labial. Se acicala con violencia reprimida. Un pañuelo limpia el sudor o las lágrimas que bajan por sus mejillas. "Y qué me importa que vivas con otra que te da dinero, si ya terminamos y ya no te quiero, amor comprado del que tú has buscado, no hallarás con_migo, prefiero un mendigo a vivir contigo". El callado odio vuelve a establecerse entre los dos. Miran hacia la pared. De pronto Felipe se pone de pie. Se va yendo. Martín lo devuelve a su sitio de un tirón. La peluca sale de órbita. La pulsera de plástico cae y se desbarata. Los labios de Felipe traducen su muda impotencia. Martín se inclina sobre la espalda de su presa y le muerde un hombro. "Amor por dinero es amor malvado y a ti te han comprado besos callejeros, y qué me importa saber que tú tienes una en cada esquina, si esas son mujeres de la mala vida". Felipe vierte su dolor y coraje en la bofetada que revienta en la cara del uniformado. Luego sale corriendo. Sale a la boca de la noche.

A una cuadra de Los Magueyes, en el rincón de una boutique para novias, las siluetas de esta pareja juntan sus cuerpos. Hablan en voz baja. Está lloviendo quedamente. Parece que el abrazo y las palabras de Martín son sinceros. Felipe no sabe si llorar o reír. "Por tener la miel amarga de tus besos, hoy se tiene que arrastrar mi dignidad, por piedad, por compasión no me desprecies, me moriría sin tu amor, no me abandones". Madrugada, hace frío. El soldado frota los brazos de Felipe quien se deja conducir por esa mano poderosa en su cintura. Regresan a los Magueyes. Esta vez eligen una mesa muy cercana a la pista de baile. Al tercer trago de tequila se unen a las otras parejas que danzan. Bailan despacio aunque el ritmo tropical exige velocidad. "No, por Dios, no te vayas te lo ruego, en la vida como un perro pasaré, sin hablarte, sin llorar, sin un reproche, siempre tirada a tus pies de día y de noche". El vestido de lentejuelas cruje con la presión de las caricias de Martín. Las bocas se buscan. Un largo beso sella el perdón y el olvido.

"Los magueyes", pertenece al volumen *Guerreros y otros marginales*. Conaculta. 1993.

8

LAREDO SONG

Corre en México la leyenda de que los muertos
no pueden abandonar el mundo de los vivos
hasta que arreglan todos sus asuntos.

Partamos por partes pero desde el principio: estoy muerto. Por el momento no viene al caso explicar mi defunción, lo que importa es que tenía veinticinco años y amaba tanto. Me quedé sin mi torre de compactos, sin acabar de conocer a Bach. Yo creía que acá se escucharía mejor. Sin leer todo lo que necesitaba, sin probar el peyote, sin conocer India. Y lo más pinche: sin ellos.

Miren a Marcela y Ricardo cenando pizzas bajo la luz amortizada de unas lámparas finas. Ella dice que me extraña. Créanle. Confíen en ella cuando refrende mi memoria, cuando ponga esa rara canción húngara, cuando pase sus dedos sobre la postal de Lima. Escuchen la voz de Ricardo: "Mientras que no empieces con tus mamadas de la Ouija...". Marcela afirma con sinceridad que mi muerte y todo lo que le siguió fue tan de repente.

Cae en el lugar común que esto de vivir es un sueño tan gacho que uno no logra morirse jamás. Dice que no acaba de caerle el veinte. Ricardo grita con la Pepsi en la mano que yo era un ojete y que tenía que morirme algún día. "Ya, mamita, el muerto al hoyo y el vivo al cogollo". Trata de tocarle las chiches. Obviamente que Marcela le contesta algo predecible: "No entiendes nada, pendejo". Camina a la mesita del estéreo, allí encuentra el libro de Savater que no terminé de leer, se lo avienta en el hocico.

Ricardo no oculta algo que cuidó tanto por mucho tiempo: la expresión de ese odio metódica y consistentemente estructurado.

— No chingues, nada me caía más mal de Javier que su lado de joto intelectual. Yo lo que digo es que te quiero encular, chiquita.

Como les decía, Marcela le avienta el libro, que cae al lado de una silla, y murmura:

—Luego luego se ve que tú no lo querías.

Él hace una mueca de "me vale" y desprende una cascarita de jamón de su pizza.

De entrada, lo juro para ponernos de acuerdo: la muerte no existe. No sé con exactitud qué significa esto. Qué significa para mí mismo. En las discusiones con Mario, el sacerdote, nunca logré acabar la metáfora de la muerte que lo derribara de su nefasta seguridad en las cosas sólidas y los mandatos sin tregua. Tan vivo como me siento, tan perrunamente cómodo en mi haber o estar, y las cosas y gentes queridas tan al alcance de la mano, no tengo humor para ver la cara de la noche serena que me agobia y amamanta. Quien no tenga amantes, no tiene, ni tuvo, ni tendrá una esperanza, vive en las tinieblas y el frío, vive muerto. Vida, muerte. Hagan de cuenta que se están fumando un Marlboro en el rincón de la disco que prefieran, exhalan el humo, el humo se eleva lento y voluptuoso y de repente ya son de la naturaleza de las aristas luminosas de ese humo que expulsaron los pulmones. ¡Puede sucederle a cualquiera! Es decir, uno sólo pone límites imaginarios a los conceptos, le damos cualquier nombre a la realidad, hacemos que exista algo que no es. Como entidad específica, con características determinadas, conmensurables líneas y subclasificaciones, la muerte, así como nos la pinta el cromo, así como la reclamaba para su creencia Mario, simplemente no existe. Vano misterio. Inútil lamento.

Ricardo le dice a Marcela, que canta en voz baja algo de Selena:

—Me dijiste que me ibas a conseguir las pastas.

—Éste pelado siempre sobre lo mismo. Qué apuro tienes de darte en la madre, qué obligación, qué empeño, qué cuidado en aniquilarte. (Hablando para sí misma) ¡Qué prisa la de este padrote!

Mi amada voltea al cielo zarpeado del departamento. Lágrimas, voz quebrada, dirigiéndose a mí.

—¡Amor, ayúdame, hazlo bueno! ¡Dile a los angelitos que me lo cambien! Es lo único que me dejaste.

Vámonos por partes y desde el principio: ese hermoso mayate que ahora hace sufrir a mi Mar, aparte de mi compadre y mi mejor amigo, era nuestro amante. Corto de ideas, parco de lengua, como pueden ver sólo tiene como repertorio las canciones de Guns and Roses. Eso sí: es un perro en la cama, hace barbacoa y fritada de tu cuerpo. Mar y yo lo adoptamos meses antes de mi "partida". Ésa es la manera como me enseñó mi madre a llamarle a este proceso.

Marcela contradice desesperada a Ricardo, quien le insiste en los psicotrópicos:

—Ya te dije que las pastas que me recetaban se descontinuaron, o eso es lo que me dicen en la farmacia. Con la mota deberías conformarte, qué chingada terquedad. Esas madres te van a secar el cerebro.

Ricardo la toma de su cabellera bien peinada y sedosa, le voltea bruscamente el rostro, la jalonea y le dice con violencia:

—¡Las ne-ce-si-to!

Marcela se aparta como puede.

—Si Javi viviera, ya te hubiera partido la mayúscula jeta, hijo de tu puta.

Ricardo le da un par de cachetadas.

—Tú y ese maricón juntos.

El cabrón se desabrocha la bragueta.

En ese instante entra de repente Meche, mi madre. Obviamente que Ricardo huye raudo. Se congela la escena. Meche se lleva las manos a la boca.

Qué pena, cuánta tristeza ésta que me invade. Qué desgracia y qué vergüenza. Aquí sólo me ilumina una luz azul cenital. Después de dos años de hostigar a Ricardo, de cantarle directo, de pedirle que nomás diera chanza de unas mamaditas, jaló. Pero el numerito, el caprichito, me salió muy caro: la prenda que se fue de por medio fue Mar. No. Mi vocación de metódico pornófilo no pudo calcular esta devastación. No se compondrá ni estirándole las patas. ¡Si pudiera lo mataba! Pobre de mi Mar. ¡Mar!, grito, pero evidentemente no me oye. Cuánto mal le he hecho. Ojalá que se vaya con sus padres a Indiana, que venda el Jetta, que cobre mi seguro ¡En la madre, mi seguro! Ni siquiera alcancé a firmarlo. Ese culero de Ricardo se la va a acabar.

Mamá pregunta:

— ¿Con qué derecho te jode ese mataperros?

Marcela responde, enjugándose el rostro:

— Pinche zacatón. Ya se fue. No es nada, así jugamos de fuerte. Venga, siéntese.

Uno nunca puede engañar a su propia madre.

— La atmósfera en esta casa no me gusta, hijita. No me gusta nada. Siento muy feas vibras. Como que la rozan a uno con jirones de carne cruda. ¿A qué se dedicaba mi muchacho, qué debe que no se puede ir? Hija, no es bueno que esos espíritus se queden con nosotros. Debes de echarlo, debes ahuyentarlo. Será muy hijo mío, pero mejor vete a Canadá o, a ¿dónde viven tus papás?

Autopista de Laredo. Ciento veinte por hora. Estiércol y vapores indescifrables en el aire de medianoche. Hemos de llegar a ningún lado equipados con Texmex estereofónico. Desde niño la Parca era espejismo y renovadora esperanza. Era una hoja de libro ilustrado a mano, el color de la imaginación y la felicidad. Decenas de veces me perdí en los muladares de México, en las calles roñosas de Chicago, en las azoteas de Tijuana. Y a pesar del navajazo siempre llegaba a casa convertido en una tarjeta postal con una familia de anglos acomodados, olorosas frutas y toldos de un picnic en California. En esos fotogramas no estaban los leathers, ni las orgías en Londres, ni las caminatas en los desiertos de Sonora. Ni los barrocos enredos de cuatro o cinco cuerpos desnudos latiendo a punto de reventar encima de esta cama donde ahora estás sentada, mami. Cómo romper con esto, madre, cómo irme y clausurar tamaños recuerdos, Marcela.

Marcela gime porque tiene suficiente confianza en mi madre para mostrarse todo lo frágil que es.

— Me siento como una niña extraviada, señora, no sé qué hacer. Estoy aterrada, no tengo escapatoria, francamente prefiero morir. De Javier sólo tengo una tierna imagen infantil. Amable y gozosa. No me la quite. No le hace que ande por aquí, no le hace que espante en forma de chamuco. Nunca me quite su presencia.

Fue así como, inevitablemente, una tarde llegó Tere. Regordeta, pelo pintado de paja rojiza, dicharachera. El cuadro que acontece es el siguiente: Tere concentra la mirada en un vaso de agua. Mi madre, Marcela, Ricardo y yo sentados alrededor de la mesa. Tere consulta mi horóscopo en una revista Cosmopolitan.

No sabemos lo que es la vida, ciertamente. La existencia no es más que la sustitución de unos momentos por otros igual de efímeros. Mis visiones me aterran.

Mi memoria quema lo último que me queda. No es pánico, qué más diera; es vulgar angustia. Chingado, esto está más difícil de lo que me lo imaginé. Lo cabrón de la muerte es que no nos vamos del todo hasta que los demás se van del todo. Y aquí uno no lleva el volante ni el acelerador ni conoce el velocímetro.

Tere, la vidente del agua, afirma con voz gutural que yo no me iré hasta que alguien se anime a acompañarme. No es tan sencillo. Qué más diera por incorporarme a la aristocracia de los muertos soberanos, las soberbias almas dueñas de su destino. Ellos andan de aquí para allá, se dan el lujo de cortar una florecilla, hablar con los pajaritos y entrometerse en las cosas de los eternos cerros. Pero me doy cuenta que lo que más deseo es no revivir eternamente la convivencia con la aterradora vida. Ésta pinche Tere es un fraude. Pura mentira que me quiero cargar a alguien. No me voy porque no sé a dónde ir. Simplemente no me voy porque no sé a dónde carajos ir.

Tere está en trance, habla con voz de ultratumba, repite una frase que yo recitaba para asustar o seducir a Mario, el sacerdote de la Santa María:

—"Soy un animal maldito porque carezco de lo que hace soportable a los otros animales la proximidad de la certidumbre: no puedo olvidar y en cambio puedo imaginar. Me queda el espasmo de la noche violenta".

Marcela me reconoce, emocionada.

—¡Es Javier, así hablaba Javier!

Mamá la calla.

— ¡Sht!

Yo le digo que no, que eso es del mamón de Savater. Y suelto una carcajada. Prosigo a través del aliento halitoso de Tere.

— La asquerosa y punzante esperanza. Por lo pronto tengo la seguridad de que mis amados reconozcan su necesidad de sacrificio. De uno quiero su instinto de macho guadalupano, acomodarme plácidamente en sus frescos testículos mientras escucho a Wagner. De Marcela un bienaventurado beso entre vino tinto y fresas podridas, porque ella es mi estrellita en el sur terciopelo de Michoacán. Los quiero a los dos.

Mamá:

— ¡Oh!

Ricardo:

— ¡Ah, jijos!

Marcela:

— Javier, mi corazoncito, te amo.

Tere (jadeante, exhausta):

— Duermo helado en la orillita de un trampolín que avanza hacia un hoyo en el cielo: estoy inclinado sobre él con los ojos ennegrecidos por el reflejo del abismo. No puedo seguir mi natural camino hasta que uno de ustedes me empuje. Alcohol. Olor a alcohol. Niños aullando al ser degollados por una navaja nazi. Un doctor gordito me atiende. Diagnostica expeditamente: muerte exacta. Qué hermosa palabra. Primer paso en este tango a paso veloz y salvaje que es vivir entre los ecos de tanta querencia humana.

Ricardo:

— ¡Qué loco, mano!

Marcela:

— ¿Qué más, qué más?

Tere:

— No, pos francamente está cañón, ese güey no se quiere ir, bien decía Meche. Y lo peor de todo es que no lo quieren arriba, ánima maldita. Fúchila, ha de ser horrible.

Marcela:

— ¿Y cómo le hago para que se materialice?

Mamá:

— Estás diciendo puras babosadas, niña. Ándale, empaca tus mugres y vámonos. Ora mismo les hablo a tus papás.

Marcela:

— ¡Quiero verlo!

Ricardo:

— Ya cálmate, loca. Ten, tómate estas pastillas.

Marcela:

— Déjenme en paz. ¡Javier, ven, hazte presente, por amor de lo que más quieras, ven!

Me emputo. Con gran impotencia y fuerza, trato de mover la mesa, agarrarlos a vergazos. Lo más que logro es derribar el vaso que leía Tere la vidente. El vaso se estrella en el piso, Tere reacciona y se queda viendo desconcertada hacia un punto infinito. Por fin articula algunas palabras a pesar del susto.

—Esto está hasta la madre de brujería y maldad. Aquí medra el mismísimo demonio. Le diré a Mario que rece y eleve plegarias por el descanso de esta puerca alma. Miserere, credo en Dios.

Tere huye despavorida. Mamá la sigue. Antes de irse, Ricardo hace un ademán despectivo a Marcela, quien llora inconsolable.

Al cabo de una semana Marcela escuchó y afirmó en voz alta un falso y por lo tanto sagrado texto redactado por Mario, donde hablaba en forma parsimoniosa y detallada de la tortura que nos infligimos por todos los años que vivimos juntos, en medio de tanto pecado y aberración ilícita, nefanda. Mientras ella me aborrece a voz en cuello, en mi memoria pentafónica zumba aquella canción de Lalo Mora que oíamos trepados en el raid de Laredo, con el mecánico aquél, con el glorificado mecánico aquél.

Y te propones olvidar, arrancar de cuajo el reducto del vértigo que nos obsequiamos cuando, antes de la Cuesta, al detenernos para orinar y aventarnos otras cervezas, tú, arrodillada y contrita, obedeciste a mi mandato y nos la mamaste dulcemente a los dos. De allí en adelante nos quisimos más porque más nos reconocimos en la salvaje complicidad del placer y el descomunal riesgo de separarnos.

Ahora, delante del joven, apuesto y mamón sacerdote, maldices el día en que la mujer no deseó fruto en su vientre, y te arrepientes dolorosamente por haber renegado de los domingos de misa y los retiros en la Casa Arzobispal.

A partir de esos días Mar se mueve en el escenario del departamento como entre barro, descalza y fatigada. Lodo hasta las rodillas. Con una soga de tristeza al cuello, ella tira por un lado y Mario por el otro hasta la momificación. El sacerdote bueno y eficiente regresa cada siete días a nuestro hogar y arroja los líquidos de sus pócimas y se despide con beso en la mejilla, satisfecho de partirme la madre y desarraigar mi alma. Supuestamente el exorcismo me aniquilaría o ahuyentaría. Apenas me resfrió un poco. Por fin nos amoldamos a la nueva situación. Ella haciendo como que yo no existo, yo fingiéndome vivo. Al paso de los amaneceres pude prepararme un nuevo y brillante manto para cubrir mi invisible presencia. Le hago cosquillas en el churrumino. Ella sólo se remueve como la hermosa gacela de los Cantares. Soy malo y comodón, le arrebato lo que obsequié: la oportunidad de ser otra, la perra esperanza y el aliento de colocarse la máscara de la certeza. Yo, el adúltero fornicador, predilecto entre los hijos de Sodoma, me es justo cada clavo del suplicio, cada sumersión en el río de lava santificada, cada pedacito en que mi cuerpo es cortado y dado a los perros de la fría eternidad. Dicotomizado por mis propios dientes, me deposito a los pies de mi chava para acallar sus gritos en su media noche de loba en celo. La desmenuzo y la degusto con placer largo y delicado. En sus pesadillas come de mi propia carne que, ya carbonizada, nunca sabrá igual.

Murmura en sueños. Sabe que desde algún lado la miro. Con tierna comprensión, cogiéndomela tortuosamente, atravesando su culo con precisión y rabia. Me muerde la oreja al decir apriétate más, cabrón.

Finalmente, y gracias a mi insistencia, Marcela se recupera de tanta relicaria pendejada y acepta llevarse a un tipo a la cama. Con Ricardo lejos, Marcela logra besar al hombre como sólo lo puede hacer alguien que necesita con urgencia de ello. Me recuesto socarronamente a los pies de la cama. Los observo.

Hombre:

— Y no me vayas a decir arrumacos delante de mi esposa, ¿no hay pedo?

Marcela:

— Mis respetos para Karen, amorcito.

Y yo con fraternal afecto, y como señal de dicha, le pico el culo al hombre. Él reacciona, pero no hace mucho caso, porque está seguro de que es algún tic nervioso después del orgasmo.

Marcela regresa de orinar y de un cajón extrae cigarrillos.

Hombre (leyendo el techo):

— "Lo de arriba es lo de abajo y lo de abajo es lo de arriba", ¿tú escribiste esa jalada?

— No, fue Javier, que en paz descanse.

— Dame unas mamaditas, con Coca fría en la boca: me quiero volver a venir para irme.

Me acerco más para ver mejor los labios en flor consumiendo aquel lustroso glande.

Hombre:

— Huele a algo raro, como a jazmines podridos.

Marcela:

— Debe ser la basura que no saqué.

Yo:

— ¡Hagan un sixtynine, por amor de Dios!

Marcela y el hombre, aterrados:

— ¿Oíste?

Yo:

— Que hagan un sesentaynueve.

Marcela y el hombre se ven desconcertados, se abrazan asustados, pálidos. Decepcionante sacrificio. Lo juro porque es cierto. No tengo rencor, ni envidia, ni alguna otra mala leche fluyendo de mi ponzoñosa mente: admiro, idolatro a esa mujer indecente que se pinta sola para ligarse a los vecinos. Yo la enseñé. Que chupó hasta hartarse del chile inconmensurable del hermoso mecánico que a su vez me besó hasta sangrarme. Me siento infinitamente agradecido pero igualmente aburrido con la situación, con los recuerdos y con su formidable cercanía.

Una mañana Marcela habla por teléfono con la naturalidad que otorga el tiempo que ha transcurrido desde que me olvidó. Después de que terminó con un romance unilateral de un gordito de Chicago, le metió cizaña a la esposa de un güero peludo, un taxista, chismeándole del peligro inminente que significaban tantos coqueteos con la Francisca, la cajera del Oxxo. Marcela se lo dijo de tal modo que todo arrepentimiento fue inútil, porque la Francisca y la esposa del güero peludo tenían siglos de amantes. Le perdonaron la metidota de pata cuando les hizo el paro: les prestó el depa para que se vieran y cogieran a gusto. Aceptó el trato de las tortilleras porque de cualquier manera saldría ganando. Así el peludo quedó libre para ella solita.

De algún modo he colaborado para hacerle la vida grandemente normal y hermosa a Marcela. Vive en armonía con su comunidad. La verdad ella no me ha necesitado, aunque yo a ella sí. Éste es quizá el infierno tan prometido: estar enfermo de cachondería y no poder tocar, ni oler, ni degustar.

Sufro. Infinitamente me carga la chingada de querer y no poder. ¿Cómo hacer para detener esto? ¿Escapar de qué manera, suicidarse cómo, caer hasta dónde? y luego ellos con sus culos parados. Imaginarme el empuje rudo de la verga en la llamarada firme de su vagina. Porque todo le sale bien a la Mar. Que ya va contenta a su chamba, lee a Kundera, visita a su familia, se lleva bien con sus compañeras de oficina, se confiesa, comulga y da limosnas y hasta mantiene a línea el Jetta que dejé. ¿Alguien me podría decir qué chingados estoy haciendo aquí, qué sentido tiene todo esto, para qué sirvo?

Una tarde, como a las seis y media, entra Tere acompañada de Mario.

Tere:

— Mire, padre, si no fuera porque le quité las llaves a Marcelita para supuestamente hacerle una limpia, no hubiera sido posible estar aquí.

Mario:

— Mmh. Oiga, Teresita, ¿y este lugar es seguro?

Tere:

— ¡Clara de huevo crudo!

Mario:

— Entonces procedamos.

Saca de su maletín un envoltorio. Tere corre al baño y trae papel higiénico y otros accesorios. Mario extiende un vestido guindo de alta costura sobre la cama, lo alisa, lo mima. Mira a Tere con ojos de perrito agradecido. La otra le contesta con sonrisa cómplice, pícara, extasiada. Yo los observo con curiosidad desde una silla.

Mario:

— Tú sabes lo que esto significa para mí, por lo cual te estoy plenamente agradecido. Pero... si llegara Marcelita, tu amiga, qué diría. Máxima discreción, por favor, Teresita.

Tere:

— No hay pedo con ella, es una puta descarada, no se anda fijando.

Mario:

— Que conste, mugrosa, tú me indujiste.

Tere:

— Ya, si ni que fuera a salir a presentarse con el señor cardenal. Ándele, que se hace tarde.

Mario:

— Ésta casa me trae tantos recuerdos.

Tere:

— Sí, sí, ándele. ¿Cuál peluca va a escoger siempre?

Mario:

—Y a qué horas dijo que llegaba el chaval ése...

Tere:

—Ya no tarda, pero para esa hora ya tiene que estar lista, perdón... listo.

Mario:

—¿Está bien si me llamara Jackelyn, va con mi perfil?

Tere:

—Un poco anticuado. Frida anda de moda. O Antonieta.

Mario:

—Ese nombre es de rancho.

El sacerdote se deja maquillar, se deja amoldar los postizos en el pecho y las nalgas y las caderas. Se mete en el exótico traje. Se mira al espejo. Coquetea consigo mismo. Tocan a la puerta.

Tere:

—Es él, padre.

Mario:

—No me digas padre, pendeja. Soy Jackelyn.

Tere:

—Ok, su santidad.

En la puerta, asomando la cara, Tere exclama entre sorprendida e hipócrita:

—Pero si es Ricardo. Pásale, corazón.

Ricardo:

—Hola a todas. Vaya, vaya. What a surprise.

Tere:

—Bueno, como yo-sí-res-pe-to los once mandamientos, digo ciao y les cuido el nidito. Trátala bien, güey.

Ricardo abraza a Jackelyn del talle:

—Eres una reina y como tal serás deshonrada.

Jackelyn:

—De eso pido mis limosnas. Pero la merita verdad estoy tan nerviosa, digo... no sé si voy a agradarte.

Ricardo la besa en el cuello.

—Usted nomás déjese llevar, padre.

Mario se aparta y le solicita que no lo llame así:

—Primero dime cuánto cobras, porque Tere no me dio razón y gasté mucho en el trapito, y no quiero que salgamos con malos entendidos.

Ricardo:

—Eso lo dejamos para después, por lo pronto vamos poniéndonos cómodos.

Mario:

—Soy más activo que pasivo, ¿de acuerdo?

Ricardo:

—Yo también, ya la hicimos.

Comienza el faje. Caen las ropas, los trucos, los excesivos maquillajes de Jackelyn. Se intercambian sonoros besos. Ricardo saca un condón de su calcetín. Se lo da al padre, que está a punto de ser penetrado con todo y ligueros puestos.

Entre aburrido y curioso voy y me siento en la cabecera de la cama. Por efecto de las luces y las sombras se dibujan en la pared un par de alas de ángel.

Mario jadeando, en un violento orgasmo:

—Ah, qué delicia. Pero qu... qué, ¿qué es esto?

Señalando la pared donde me encuentro, azorado, blanco, paralizado de horror, Mario salta de la cama, rueda por el piso. Ricardo lo sigue, preocupado, le pregunta qué le sucede. Mario señala hacia mí. Ricardo no ve nada. Yo me escondo bajo la cama.

Ricardo abre la ventana y le grita a la gorda Tere, que se fuma un Raleigh en el portón del edificio:

—¡El padre no respira!

De vez en cuando les llegarán noticias de que Marcela coge deliciosamente con una rubia delgada a la que de vez en cuando llama Nacho. También de vez en cuando un hombre las acompañará y formarán un triángulo portentoso y sensual.

Yo sigo aquí. Por alguna razón ignota ruedo a mi modo por los planos y las esferas de este espacio de tiempo, nadie me pela. Feliz, suelo cantar. Pero no ando solo. El exorcista Jackelyn acicala mis enormes alas que no paran de crecer. Mami tenía razón.

"Laredo Song" fue publicado en el libro del mismo nombre. Conaculta- Conarte, 1997.

9

MIEDO

El patrón, asustado, me asignó un sitio marcado, cercado por el miedo. Su miedo. Miedo almorzado, traído de lonche, cenado, merendado. Miedo en el reflejo de cualquier mirada con miedo. Miedo en el temblor de la lengua. Miedo fermentado en el pantano del miedo. Miedo no te acerques a la cafetera donde tomo con miedo. Miedo me saludas y me limpio la mano por miedo. Miedo no usurpes mi miedo. Miedo ve a otro baño, que me cago de miedo. Miedo consulte a su médico para que le dosifique el miedo. Miedo primero están los miedos que ya aprenderán del miedo.

Miedo salado. Miedo mar de sangre podrida que apesta a miedo. Miedo ya no tardan las pústulas y los ojos sumidos de la mueca con miedo. Miedo se me cae el pelo de tanto miedo. Miedo qué es esto que dejaste en los calzones manchados de algo que da miedo. Miedo estreñido. Miedo marica. Miedo chacal sospechoso de cogerse a los niños, qué miedo. Miedo señor usted no debe sentir este miedo. Miedo eres un extraño en la patria del miedo. Miedo por eso te arraigo en el país del miedo. Miedo quédese bien quieto o no respondemos del miedo. Miedo ojalá que se mueran los jotos que no tienen miedo. Miedo hay que meterlos en un sitio donde los devore el miedo. Y un jefe de personal con miedo hizo que te fueras a casa a morirte de miedo.

Miedo no me quieren en la oficina porque me tienen miedo. Miedo que no sepan los vecinos que nos echarán por miedo. Miedo quemaron la casa de un hemofílico en Estado Unidos nomás por el miedo. Miedo los malos se infectan de Sida para traernos el miedo. Miedo no puedo decirle a mi madre para no contagiarla de miedo. Miedo si saben mis hermanos enloquecerán de miedo. Miedo soy puto, pero que no lo sepa mi esposa, que me tendrá miedo. Miedo no dejes al alcance tu rastrillo, que me da miedo. Miedo bájale tres veces al excusado porque ahí flota el miedo. Miedo las toallas. Miedo los pellejos. Miedo por qué no vinieron a la fiesta de Raisa porque la niña les inspira miedo. Miedo que te condenas de miedo.

Miedo ya te llegó la carta donde se aprovechan del miedo. Miedo ya me quedé sin nada, pero no tengas miedo. Miedo de qué sirve rezar si no te quita ni el miedo. Miedo que no sepa nadie porque te apedrearán por miedo. Miedo los curas ardiendo de miedo. Miedo loco que te desuella de miedo. Miedo púrpura como debe ser el miedo. Miedo apenas tengo veinte años y me mata el miedo. Miedo no quiero morirme, pero no tengo miedo. Miedo chaparrito que crece hasta el cielo inflado de miedo.

Miedo carbón que tira brillantes y chispas de miedo. Miedo preséntese en Recursos Humanos porque nos reportaron su caso de miedo. Miedo no entablaremos demanda porque con el miedo que tenga nos basta para que no nos acuse por miedo.

Miedo siempre hay alguien que se aprovecha del miedo. Miedo Rock Hudson que ya nos lo dijo porque tenía miedo. Miedo cuál valor si todos tenemos miedo. Miedo Magic Johnson, Greg Louganis y Freddy Mercury que le dieron fama y glamour al miedo. Miedo carnaval donde danza enmascarado el miedo. Miedo que se alimenta con miedo. Miedo espina clavada en el culo del miedo. Miedo por qué yo, si hay gente peor que no tiene miedo. Miedo miras a un hombre que te atrae por su belleza de miedo. Miedo que fue tu paz y corona de miedo.

Miedo los días pasan y no cesa el miedo. Miedo los meses se amontonan en la bodega del miedo. Miedo por qué no acabas de matarme de miedo. Miedo estoy harto pero no tengo pistola para acabar con el miedo. Miedo si salto de un puente me zurro de miedo. Miedo potasa quemante de miedo. Miedo diazepam acompañado con miedo.

Miedo me largo muy lejos para ya no provocarles miedo. Miedo qué tal si en el monte me encuentra el miedo a caballo y me acuchilla de miedo. Miedo me quedo a lidiar con el miedo. Miedo miedito que hoy me sentí con miedo. Miedo como de hombre sin miedo. Miedo ya ves como se acostumbra uno a vivir bajo el miedo. Miedo qué va a pasar ahora que escapó el toro del miedo.

Miedo será verdad tanta belleza de no sentir más miedo. Miedo miedito todavía tengo un poquito de miedo. Miedo que ya se despide de alguien que se bebió todo el miedo. Miedo pasan los meses y te empiezas a acostumbrar al miedo.

Miedo es sólo cuestión de tiempo para dejar de tener de miedo.

"Miedo" originalmente fue publicado en el libro *Crónica Sero*. Conarte- Conaculta, 2003. La presente versión corresponde al volumen de narrativa reunida en dos volúmenes, *Vuelta Prohibida I*, Atrasalante-UANL, 2017.

10

¿QUÉ SE OYE?

Se oye que mamá mueve trastos en la cocina y prepara el almuerzo para la jauría que se ha echado en mi vientre. ¿Qué se oye? Se oye que apenas presienten la inminencia de la comida, comienzan las bestias a desperezarse y dejar sus cubiles, scriich, chirrían sus huesos e intercambian miradas recelosas, cómplices; miradas que se desean la muerte. Así hacen con sus huesuditas manos, así hacemos con su modorra de ultratumba, como si yo regresara de un sueño de siglos. No es una ocupación tan sencilla agonizar todo el día. Mamá se asoma tras la puerta y hastiada dice: ¿tienes hambre? Y ustedes respondemos: bastante. Agh, huele horrendo, ¿qué es?, es la sopita especial para nosotros los muchachitos de la sangre inmunda. Ya te imaginas el consomé sabor calcetín. Algo es algo y larga ha sido la noche.

¿Qué se oye? Brash prash un suave rascar, un aletear, un murmullo, un estremecimiento: es Mik hundido en el sillón con la cabeza desguasada sobre su pecho al modo de Cristo y mi escalofrío se convierte en vértigo y con un suspiro te detienes en el aire espeso del cuarto, ¿qué se oye? Ruidos y gritos en casa del ingeniero y el cantar de Mik en el momento que toma una vela roja del altar de la Santa Muerte y vacía la cera derretida en un vaso de mezcal. Y mira tú mismo, dice, cómo se coagula. Y la contemplas con ese ojo tuyo que sabe viajar a través de las dimensiones del tiempo, esa tu mirada mía de pupilas piedra zafiro daga de luz. Y entonces flap flap escuchas las sordas alas de la negra mariposa del dolor mientras cruza por la noche de tu vida, según canta Julio Jaramillo. Ves en ese vaso cagoteado las razones y los rumores insobornables de la cera convertida en grafía categórica con las evidencias; pero qué va uno a ver del destino si nunca fue para ir y tocar en la puerta de la Berenice y abrazarla y confortarla y degollarla amorosamente para no recordar el maldito día cuando los de Control la ataron a la pira del fuego expiatorio que le halló al bicho chisporroteando en los veneros de su plasma y luego ni chucho roñoso se le acercó. El que busca encuentra y Berenice sin buscar demasiado lo encontró a los dieciocho cuando se ufanaba de su eternidad.

¿Qué se oye? Quién se puede concentrar en recordar con el gira que gira de Mik que trae ganas de desdramatizarlo todo. Y cómo no, si la risa debe durarles diezmil años. La risa de las hienas es la carcajada de la tragedia que implica seguir con vida para ver lo que nadie debe saber. Nos urge desmantelar las canteras donde se regresan los ecos infaustos, jiar jiar, combinar la chispa del encendedor, jiar jiar, con el botellón de gasolina, y así quemar el teatrito donde títeres huesudos, barajas de lotería, jiar jiar, se desollan entre sí, uhhhu la muerte, correteando inalcanzable por el salón desamueblado del ingeniero en la calle Carranza. Santísima Señora ruega jiar jiar por nosotros los pecadores juara juara y Mik se hace gancho se postra pidiendo la intercesión de la Huesuda con su pulcra navaja automática entre las manos, pero uno no es persona que se meta en pleitos con las órdenes siderales. Peor hemos quedado con la impropia ocurrencia de leer los futuros.

¿Qué se oye? Yo estúpido, colérico, azoradazo doy sordas voces ahora que mi madre me llama al almuerzo porque no se ha dado cuenta que al entripado nomás no le sale ni un gas y sentado en el inodoro recuerda. Acuérdate hombre, haz memoria muñeco deshilachado para que el ayer se quede en el ayer bien guardado en los anaqueles del presente porque hay que seguir atentamente los pases mágicos de Mik convertido en brujo, oráculo, sacerdotisa, monseñor, pitonisa, saurino, sibila en la casa del ingeniero que en paz descanse donde ya levanta el vaso de los augurios porque esta es tu sangre: tomad y bebed y él bebe y bebemos. Luego pasa el billete liado como popote y absorbe a profundidad y luego se sacude la nariz nevada de cocaína y tú sacas la lengua y dices dame y luego del ritual te da por arrojar el sapo gordo que traes atorado en la garganta y Mik lejano, demorado, jiar jiar, porque nomás no aguantó y nomás no supo cómo descabezar esa víbora que coletea y le engorda en el pecho y tú derramado por el chisguete de voz: me dijeron que a lo mejor la diarrea es el mal, que estoy mal por el mal, ya me sacaron sangre y sangre y sangre y un doctor cara de nalga plastificada me dijo ustedes no tienen remedio, como diciendo de milagro sigues vivo, maldito. Mik se queda estancado en su propio lago de agua turbia y yo congelo la imagen de su sonrisa de anuncio Colgate que no cuadra, no coincide con el mazazo que le acabas de asestar y piensas ya le dije y ahora que se caiga el mundo a pedazos. ¿Por qué no llora?, claro que no llora, Mik nomás se mira las uñas, las pule como si fueran fina cuchillería de plata y se queda viendo a través de la ventana con esa mirada suya que sabe domar los rayos. Ya, Mik, déjate de mamadas, murmuras, pero él se deja habitar por el polvillo errante de la mariposa del dolor que nació de una canción de Julio Jaramillo y se quedó a vivir en ese instante para siempre. Y pobrecito, le quieres sacudir la envoltura de negror filamentoso que lo ahoga y dices con tu sonrisa Colgate: bah, no te apures, querida, seguro voy a salir bien, la bolita en el cuello es sólo una espinilla enconada. Qué idiota, qué manera de confortarte ahora que tu piel se derrite como helado de chocolate en pleno mediodía y no te dice palabra alguna. Mik va y toma entre sus manos el vaso de los augurios y lo estrella contra la pared. ¿Qué se escucha? Trac. Seco el cristal seco sobre el cristal de la ventana.

Así ya nadie podrá leer el futuro atroz, ¿qué se oye? Es su voz que anuncia te voy a sacar cita con la bruja Silvana, como si hubiera ciencia o magia capaz de detener la desfondadera. Y dicho esto ya no hay más que decir. Porque ustedes nomás son buenos para girar la perilla de la sintonía de las novelas vespertinas y ver cómo va el culebrón donde la cantante Thalía sale como María Mercedes y por más que se esfuerzan en recordar en qué quedó la telenovela y hacer burlas de la mala actriz nomás no se concentran porque se les van los ojos detrás de unos negros pajarracos parados en las líneas de electricidad y luego los pájaros aletean y se fugan y con ellos un millón de astillas hacia el corazón de la noche bocaza, en la cual todo es por demás, incluso los pensamientos envueltos en la carcajada jiar jiar de la hiena cagada de miedo, fiuu, corren lejos muy lejos allá por la polvorienta baldosa del salón del ingeniero donde no sirven los chistes ni las perrerías. Y como no queriendo Mik pregunta: ¿cuándo te dan los resultados? Se ve que lucha por verse sereno. Dice sin convicción a lo mejor todo es una bromita de los matasanos. Tú le respondes mañana por la mañana me los van a entregar. Pero claro que no irás mañana ni quizás la semana próxima ni nuncamente porque no te da la gana, porque no quieres saber lo que ya sabes. Él te dice yo te acompaño princesa, no te apures que vas a salir limpita. Ay Mik tan cobarde, qué sabes tú de la sudada mano del asco con la que saludaban a la Berenice. Mejor hay que largarse en gira artística a Laredo, mejor compremos cera para depilarnos, mejor sumerjámonos en el fondo del pantano amarrados a la piedra de los sacrificios aztecas, mejor no tener que repetir hora tras hora día tras día la rutina de ver sin ver a la mamona Thalía, mejor cagar cuadrado para contener las lágrimas de mercurio, mejor no saber si eres o te haces o si estás o si ya caíste y no tener que vivir allí donde cada noche crepitan los huesos cristales y a ver cómo aplacas el zeppelin que crece en el ojo de tu ombligo.

Pero qué entiende uno de la verdad de a kilo cuando a todos nos llega el momento y te clavan porque te clavan el colmillo pertinaz de una mordida sin dueño. ¿Qué se oye en la loca tele en la tarde novelesca de mi destino? Qué importa lo que diga la tele mientras Mik ande en su ir y venir Luna lunera que pasa ciega, fría y marima-cha regando sus cenizas sobre el papel picado de mis ruinas nuestras y así anochezca y amanezca y entres y salgas por las puertas de las distintas dimensiones del tiempo donde se traslapan la tristeza, la rabia, los güevos encogidos, la verga arrugada, la fiebre y el vómito y te resignes y te acostumbres a vivir en la húmeda cripta del saber sin saber y cómo deseo reconocer propicio el momento para pegarme un tiro.

¿Qué se oye? Es mamá que trastea en la cocina y vacía una sopa instantánea en la olla de peltre y tú despliegas las mismas alas de mamífero nocturno cuando fiuuu volaban a ras repartiendo coca y grifa a chamacos garrudos, frutosos, lechudos y lampiños en los callejones del perro. Allá vienen, papalotes, gozando la dicha inicua de ser eternas, vanas, aguerridas, malvadas, tiernas, sagaces, estúpidas y los más hermosas de todos los machos aunque ahora sólo les habite en el cuerpo el aire enrarecido donde se pudre el cadáver de la vida, ese aire no les rinde más que para seguir fingiendo que uno respira como si nada, ahora que se requiere con urgencia la transfusión bien oxigenada y feroz de un pasecito. ¡Me asfixio! exclamas sofocado, ni gota de aire, te respondo yo. Y así son los lapsos de viento inmóvil, denso, untado a fuerza de lija en la seda de mis pulmones. Aire duro, vapor de agua jabonosa que te rasga la nariz y repatea en el pecho. Y ustedes ridículos encima de nuestra rama de espinas en ascuas rasgando las órbitas más altas del cuarto en casa del ingeniero donde las arañas viajan a ninguna parte siguiendo los hilos de la labor inacabable del destino que las deshebra como yesca en remolino. Entiendes sin entender que el espacio entre tú y Mik no es más que el miedo redivivo de verse como la Berenice que casi en rastras aún perseguía a los muchachos en vagancia barrios afuera. Patética. Mik percibe de alguna manera el rollo que te traes, el predicado que sigue a tus verbos de vértigo, a tu sustantivo sin adjetivos que no acaban de acabar porque en esto no valen puntos y aparte ni puntos suspensivos... que se jodan las reglas ortográficas porque aquí rifan sólo espasmos y saltos sintácticos que te sorrajan la verdad alta y dientona del aunque sinembargo apesarde ya que todavía no llega a tus playas la nave del dolor en toda su magnificencia pero tú igual te sientes destartalado en los sótanos del espanto donde empiezas por atender esa clase de cosas de aquellos que se encargan de urdir el traje nuevo, la mortaja de quien muy pronto habrá de yacer en su tálamo postrero donde echará sus amargas raíces el pésimo actor en su peor papel de moribundo, muy adentro, muy abajo, muy quiensabe, en las pupilas artificiales de tu mirada que solía cuartear los cimientos del universo cuando mirabas omnipotente cómo es posible que te cupiera el brazo nervudo del chacal metido hasta el codo sin que te quejaras un tantito allá en aquellos días antes de que los alcanzara a todos la imagen de la calaverita Berenice cuando se cubrió con la blanca sábana del no me mires así carajo. Mientras tanto sigue prendido, tenaz, del hilo cagado de moscas que es la vida, qué risa, la vida.

La vida no es más que la mugrita que se pega a las uñas y va dejando basuras en tu paso hacia el baño. Quizás Mik lo entienda mejor que tú cuando la evidencia le explique con garabatos de lengua de iniciados lo del cuerpo tendido cocido a vapor con torundas y cloroformo, sexo masculino, dieciocho años, Agustín Treviño, por mal nombre también llamado Berenice, que todavía hoy no es más que un montoncito quebradizo de fragmentos cristalinos de lo que será mañana el hilo zurrado de moscas que nos queda después del sobrecito membretado del laboratorio de Control Sanitario en el que te alcanzará la nube de polvo donde habitan tus mañanas cuando nomás no salga ni un gas de tu panza que crece y crece ballena podrida.

¿Qué se ha escuchado? La tolvanera que lo borra todo y en ese remolino se van al traste los restos del chiquillo que cazaba mariposas en los llanos infinitos con esos chamacos que después de la fatiga se dan chapuzones desnudos donde ves crecer apetitosos sexos dorados al Sol, ese mismo Sol que un día se apagará en una manta manchada de sangre que hará más fácil el olvido de tu nombre con la recordación del desastre en tu carroña viva. Tienes que despertar a Mik que duerme y sonríe enmarcado en un paisaje de rosas made in China, seguro se ríe de sus recuerdos vistos con sus ojillos de tarántula o es que sueña con Héctor, aquel judicial que lo enamoró y le prometió boda para luego irse con otro macho sólo para morir en ráfaga de narcos. Dónde, dónde están los bellos matones que te podrían salvar de este caldo de tripas constipadas, dónde las noches en vela a la luz de las estrellas en las cañadas de la sierra donde se perdían los sardos capando y quemando grifa, mira que ese humo nos los pone bien a tono. ¿Dónde, donde estás corazón que no escucho tu palpitar? Manos a la obra niño, a atender a la tropa jariosa y a bailar cumbiamba y a copular y desear tanto quedarte en sus tiendas y amanecer cual Lucha Villa entre sus brazos que te querían decir no sé que cosa porque luego los hijosdeputa ni le agradecen a uno el sacrificio. Lo suyo es cogerte meterla plop plop y a volar moruza antes que llegue el cabo sargento a avisarles del cambio de plaza. Ay no permitas Berenice que el olor que inunda esta ratonera de mi presente terminaloso se lleve nuestros recuerdos donde todavía subsiste en la boca mía la saliva agridulce de la esperanza tuya. Ven y llévame de regreso a mi patria de hienas y que me digan las de tu coro que me aseguren los de nuestro linaje con sus salmos milenarios que yo, tú, nosotros no podemos irnos antes de terminar los vestidos, brocados, magnas capas de siete metros, esclavinas de armiño rojo sangre diseñados para las fiestas profanas donde se derrochaba el semen sobre capelos cardenalicios y fajines de seda y holanes y rasos para admiración de los presentes.

¿Qué se oye? Es el cuento del moridor, la crónica del agonizante que no olvida el sobrecito con la noticia encriptada donde siempre se ha de indicar la naturaleza exacta de estos tiempos, de estos capítulos por relatar, de esta nuestra soledad acompañada sólo del exilio asesino y de criaturas como mi madre que jamás aprendió a preparar ni un huevo hervido, sobrecito envuelto en el silencio zumbador de las moscas panteoneras. Es que ya no hay manera de contarlo ni hay nadie que escuche las visiones emulsionadas con la ponzoña del hastío en el pabellón de moribundos que es tu cuartito en la aurora del gallo de la pasión.

¿Qué se escucha? Es un gallo. Mik burlón te recibe amodorrado y te dice así quedito al oído cuando regresas del baño, mientras mamá mienta madres porque se le derramó no sé qué pendejada sobre la estufa, Mik dice: tu mamá amaneció más perra que ayer. Lo cual es ya decir mucho. Sí claro, pero qué caso, que se vaya a chingar a su madre mi madre, se lo gritas así despacito para que no te escuche la maldita. ¿Qué se oye? es Mik que bosteza cansado no de ti sino de doña urraca que cómo friega ahora que tienes quien te cuide en los desvelos de la duermevela. Y cuidado hombre, no aceptes mi tentadora voluntad de abrumar a Mik, el pobre, con tus reclamos de por qué no vienes más seguido; es que sólo quieres decirle no hay problema, la loca es así y no pasa de a´i. Pero Mik es una refinada arpía de alto protocolo y no sufre mella por el griterío de mi madre, sólo quiere echar relajo y ninguno de los dos le daremos importancia al giro de horror de la plática. Ahora te alisa el pelo así, maternalito, porque sabe que ya se les hizo mierda la vida: cómo va uno a saber, en un descuido y estiro la pata primero que tú, te dice. Mik sólo se oye a sí mismo maullar con un rezo desgarrado, siniestra letanía y yo le hago otro nudo a la sábana concéntrica de espirales y nebulosas que acaban en flores de pétalos entreverados y me pepeno a tu regazo hasta tenerte tan cerca del corazón, de tu corazón bolsa agujerada, hasta que me dices me ahogas, güey. Shhh, no hables, cabrón. Y tú tan solitariamente hilvanado al pecho del amigo prehistórico y fiel que ya no te entiende a través de palabras sino mediante el lenguaje cifrado de los requiebros de tu tic en los labios. Tú queriendo morirte tan de pronto. Yo que sabía dominar la rosa de los vientos apenas pisaban tracataca el asfalto al frescor de la niebla madrugadora. Mejor vamos a contarnos algo de aquellas grandes revolcadas te digo fingiendo mirada cachondona y lengua viboresca, así se lo pides a Mik que empieza habla y habla y le pega de más a su cosecha de dibujos incestuosos en colores neón allá en sus andanzas infantiles cuando dizque apuñaló a su tío Demetrio cuando le dio por cogérselo para contárselo a medio mundo. Mira qué solito estás con tanta dichosa tristeza en tus manos, es tanta que hasta se me derrama sobre el pijama percudido y ni ganas tienes de aguantar otro grito de tu madre que brama se va a enfriar el plato, maricones. ¿Qué se oye? Él insiste en hacerse el bueno y alargarte la agonía. Bienaventurado, pero yo lo que necesito no es que me des a aspirar coquita ni le sigas quemando incienso a la Santa Calaca sino que acabes de una vez con esta pendejada, y si no lo vas a hacer mejor ya lárgate, le dices con tajante exasperación. Con odio incluso. ¿Me prometes que harás lo que te pido? ¿Me lo juras? Y te quedas quieto oyendo el chasquido en la voz de mi madre que adrede ha dejado caer los platos que se rompen haciendo un crash espeluznante, ¿qué se oyó? No es el vaso con la cera derretida con los auspicios del destino como guión inamovible sino el ruidazo de loza desparramada a puntapiés. ¿Qué se oye? Es tu madre que vuelve a gritar desde la cocina: si quieres tragar que venga tu puto amigo y te sirva.

"¿Qué se oye?" apareció publicado inicialmente en el libro *La dama sonámbula*. Conarte, 2007.

11

VEINTE ESTAMPAS A COLOR DE UN DECENIO NEGRO

1.

Recuerdo un país al borde de la guerra. Un debate nos dividía: ¿qué nombre le ponemos al osito panda que nació en cautiverio? Yuri, reina de las locas colonieras, machacaba en la radio una canción pendeja en honor al comedor de bambú.

Alfaro me enseñó a resistir con decoro la demencia promovida por los nuevos valores artísticos. El oso panda, mascota globera, ocupaba el primer lugar en el record. Cómo librarse del bombardeo, del imperio maligno del hastío. Las locas diferimos en tantas cosas, en la música por ejemplo. Mientras a Alfaro le encantaba Napoleón, yo me encendía con Pink Floyd.

Coincidíamos en apenas un punto crucial: nos gustaba la verga. La más grande y gruesa. La masa de carne más improbable por difícil. Alfaro se abrió respecto a la debilidad de sus carnes, me hizo su confidente, me compartía sus misterios en el camino de regreso a casa, después de clases. Allí comienza mi primer contacto con el mágico mundo de los hombres que tienen sexo con otros hombres... en secreto.

—Creo que estoy enamorado.

—¿De quién, Alfaro?

—De mi vecino.

—Aviéntatelo.

—Es mi hermano.

El flamazo erótico encendía el gas tóxico de mi moral cuadriculada. Demolía mis culpas católicas. Con un golpe de ingenio nos íbamos lejos, por la resolana del perreo, hasta la entrepierna del incesto jubiloso.

—Mi novio es mi abuelo.

Aquéllas expresiones no podían decirse sin crear sospechas, inestabilidad, repulsa. Pero sólo queríamos devorarnos la vida o ser devorados por ella. Felices porque nadie podía aplacarnos, ni el oso panda de Chapultepec.

—Y me fui de chiches cuando mi pariente dijo que sí.

Borracho Alfaro se la chupó, se comió la leche de su primo-hermano.

—Ayy mis hijos, qué deliciosos.

—Ay, la llorona loca.

Nos distinguimos por el esgrima auto-denigratorio. La flagelación nos endureció. Fuimos tan competentes en el deporte de destruir la virilidad obligatoria. Estrategias para pulverizar las infames ruinas del siglo. Nos fundimos en la plata líquida de los espejos convencionales. Los hombres más reacios, más duros, más peligrosos, aquéllos que no apreciaban los gestos florales, nos dejaban ardiendo. Alfaro me enseñó que sólo bastaba una sonrisa ensayada en rol humillado para dinamitar la planta productiva del patriarcado.

—Dame tus ositos panda, papi.

Esta frase significaba: dame la oportunidad de un chupón marrano, extraer las heces genitivas de tu varonía estándar donde arden los abrazos reservados para los hombres; fertiliza mis podridas apetencias. A cenar estiércol, leche quemada, mecos de macho figurado en el hacinamiento familiar.

—Limpia la loca sus pecados.

—Dame una barrida que me envergué con mi tío.

Recuerda el cronista tiempos de aventuras clandestinas en la proximidad de los cuerpos, pobreza luchista en las fronteras del área urbana, sin más metáforas que el de la familia neurótica empobrecida por las telenovelas, disfuncional por causa del alcohol. Ay, la familia. Nostalgia del sida.

Una bomba demográfica que se oía así:

—"Osito panda, aún no anda..."

2.

Algo monstruoso se fraguaba entre las líneas babosas de los coros que celebraban al osito sin bautizar. El milenio se nos venía encima, a vuelta de tuerca, debajo de una década oscura y opresiva. Nos acompañamos con hamburguesas gringas y baladas de Mocedades. Alfaro cazaba machines en cuanto rincón hospitalario se le ponía. Afuera de las cantinas, entre las calles de las colonias perdidas, Alfaro ebrio con el aroma obrero de los billares. El vicio le venía desde la infancia.

Me propuse empezar mi propia búsqueda de verga a destajo.

—No te vas a arrepentir, igual nos gustan las mujeres.

—Claro.

—Ten cuidado, nunca prometas nada que no puedas pagar.

—Jamás cobrar.

No importaba si el esfuerzo fructificaba en el culito desgarrado a cambio de una felación tristísima, en un navajazo callejonero, en la razzia risueña, en el botellazo en Los Magueyes, en la puerta de la casa. No usaba Alfaro drogas, no hacía falta para levantar un ánimo ardoroso. Los estimulantes inhalados, como los poppers, eran lujo de las locas más viajadas, ilustradas, excluyentes.

Algo grande se nos venía encima y nosotros con las manos desnudas, herpéticas, agitándose entre las ramas del puteo más discreto en la calle Zaragoza, al paso de los coches de farolas ávidas, con el objetivo de quitarle lo aburrido a la escuela media, la calle mediocre, la vida mediana, perderse así en un mar de silencio. Cerrar la boca para comer más garrote.

Gastábamos los días más tiernos en pura risa que nos tenía muertos de risa. Construíamos soberbias estructuras verbales con los residuos de hombría que quedaba en la lengua después de succionar un pene nuevecito, devoradas las delicias carroñeras de la noche intensa que a su vez se tragaba el siglo. More, more, more:

—¿A cuántos pelados ordeñaste hoy?

—Ando con una suerte muy perra, a seis nomás.

—Fracasada, patética.

Las palabras son los instrumentos primeros para desbrozar el mediterráneo del deseo citadino, mestizo, requemado. Con las bombas paródicas sosteníamos una formidable copa que arborecía en juegos eróticos y baldíos. Nos retábamos, nos uníamos, nos destruíamos con donaire.

—¿Sabes cómo le puse a Carlos?

—La vaporera. No sale de los Capri.

Creado el arquetipo del varón imposible, el macho potente, el súper buga. Qué nos duraba la vida que empezaba a devaluarse a velocidad vertiginosa, como la moneda nacional: no había manera de escapar de las leyes misteriosas de la subasta de reservas de la Thatcher, la rabia sidosa de Reagan. El joto es el que cumple la maldición de la conquista, darse a los otros por nada. Sin peso.

Una sola ruta de escape: el sometimiento voluntario y gozoso. La estrategia nos funcionaba. El ritual devastador del léxico comenzaba a partir del arquetipo burócrata de las familias desgarradas por la migración hacia el norte. El yo ínfimo, la sombra de palabras en el modo canino. Deambular en la arqueología de una quimera:

la verga primeriza. Eso era lo que buscábamos a final de cuentas, poéticas ochenteras, la boca del lobo.

3.

Me lancé directo por la verga inaugural. Decían las malas lenguas que ya estaba en edad de merecer los clavos en el alma. La culpa de mis dubitaciones y temores la tenía mi clasicismo. De manera paralela a mis modos sediciosos, me empujaban las comparsas de un carnaval que lo menos se preocupaba por aplacar las habladurías. Languidecieron los romances heterosexuales mentirosos. Así fue cómo quedé más fortalecido pero sin inmunidad ante la peste, me había empoderado tardíamente.

El remolino se llevaba nuestras zapatillas Converse, los ripios de Mocedades y la Opera como el bar de locas de moda. Pero aún no lo sabíamos. Confrontamos el ente intangible con ideolectos linfáticos, enfriados por causa de la guerra virológica. Nos reconocimos más propios con lo más despreciable de la taxonomía biológica. Dos locas juntas son algo serio a la hora de organizar la estrategia revanchista contra el lenguaje de la medicina.

El odio a los afectados de sida lo ejercimos entre los mismos, los proscritos nos marcamos lo mismo con hierros crueles, al grado de denunciarnos a los demás con desfiguros carentes de autoridad.

—La Javierona resultó premiada.

—A ésa le dio sidra: síndrome de inmunodeficiencia ricamente adquirida.

Reforzamos la mirada vigilante, se había acabado los setentas, todo era felicidad, proyecto, belleza, Yuri chillando por un osito oriundo de la China. Se estaban apagando las brasas de las revueltas juveniles, feministas, neoyorkinas. Se llenaban los estadios con pelotones de peloteros.

En el patio de una preparatoria, en uno de los pasillos sombreados por los álamos, me dijo muy serio:

—Vas a triunfar a lo grande.

—Cómo es eso, Alfaro.

El prefería que lo llamara por su nombre de batalla.

—Solamente para que tomes nota y ya no te confundas, soy y siempre seré Alfaro la descarrilada.

Me tomó del brazo y nos fuimos a platicar, a matar el tiempo en una banca. La descarrilada comía hotdog, lengüeteaba la salchicha embarrada de cátsup, mayonesa y mostaza, devoraba una mezcla asquerosa, la batía con la lengua a lo largo y ancho del embutido ensalivado.

Alfaro casi no tenía amigos, por su impune desparpajo. Su lado extrovertido y frívolo exasperaba a casi todos sus conocidos. Aquellos jóvenes, asfixiados por estructuras gelatinosas del machismo remiso, exigían mayor solemnidad como sello de garantía para la difícil conquista de una identidad, cualquiera, menos la del mujercito.

Recuerdo una época asediada por lo pop-andrógino. Los pobrecillos chavales se aseguraban de perpetuar la fe en su hombría más legítima. Adoptaban un estilo country vampiresco con jeans y hebillas de toros astados.

No sabíamos aún, en aquella adolescencia estancada, que el futuro no existía.

Como ya no había mucha disponibilidad de hombres-hombres, según las teorías apócrifas de la descarrilada, todos tenían ansiedad de tentar, al menos espiar, la verga del otro.

—Freud, el doctor de los sueños fálicos, asegura que casi no hay más machos químicamente puros en el mundo. Nos estamos quedando sin hombres. Lo más hay locas vergonzantes. El azote del matrimonio nos incita a la joteada, una imagen bien instalada en el formato cristiano para darle sentido al desierto.

Yo me cagaba de risa al escuchar las hipótesis políticas de la locuaz, todo para matar el tiempo entre clases. La única subversión que nuestra generación se permitía era, sin hacerse la pinta, bajar a por lechita para batir la crema de la vida.

Los gustos y hábitos de los estudiantes, el comportamiento y la moral sexual de los compañeros de escuela, nos parecían sumamente aburridos, hipócritas, insulsos. Aquella exigencia de corrección y uniformidad en los modales masculinos era algo despreciable. Transgredirlos traía como premio la expulsión. La profecía se autocumplía. Reiniciaba el ciclo virtuoso de la autodestrucción marica.

4.

—¿Quién es el papacito que viene allí? –pregunté yo que señalaba a un madurito tirándole a viejo, se acercaba a nosotros.

—Te presento al profesor Eleuterio. Tiene la verga de caballo, te viene a estrenar.

Eleuterio sonrió algo forzado ante la flecha emponzoñada. No le importaban las ocurrencias dichas con muecas sobreactuadas, mientras estuvieran inspiradas en los melodramas que Alfaro exclamaba con gracia insuperable.

Definitivamente no era aquella conversación parte de la meta escolar deseable. Los requiebros nos situaban en la zona del escándalo inocuo, más allá nos esperaba la tragedia. A la descarrilada no podía dejar de importarle el decálogo con las reglas no escritas por la pesada hombría. Hablaba de pronto en voz alta, impositiva, marcial, su padre soldado le enseñó a mirar en torno, se cuidaba.

—¿Y al menos valdrá la pena el sacrificio? –Alfaro se refería a mi supuesto ligue con el profesor Eleuterio.

El maestro era de los pocos que se salían del empaque masculino con naturalidad, se mostraba mucho más comprensivo en la relación de los diversos modos de ser de sus alumnos, más abierto que los mismos estudiantes. Venía del futuro.

El maestro saludó apresurado, hizo un comentario banal, se alejó hacia los laboratorios.

—Ese profe jala, ¿no viste cómo se sobaba la bragueta?

—No vi nada.

—Eres inexperta. Ahora me vas a decir que no te diste cuenta. Eleuterio te tiró los perros. Le gustas, menso.

Algo me había alebrestado. Alfaro lo sabía todo, dominaba las claves profanas de los gestos indicativos del cortejo homosexual, ¿y el profesor?, había que ponernos en acción para cazarlo, lo seguimos. El maestro estaba en el fondo del laboratorio, buscando algo, haciéndose el tonto, dentro de unas cajas. Alfaro, con mayor experiencia, hacía gala de sus artes, derrochaba tablas y dominio en el teatro de las sensibles habilidades, los sobreentendidos decadentes. Se hizo mi alcahueta.

—¿Te ayudamos a buscar lo que se te perdió, Eleu.

Me pareció extraño que le hablaran de tú y en apócope, y el otro no protestara. Algo extraordinario estaba pasando. Me sentí más estimulado.

—Por aquí dejé unos libros, necesito un texto...—dijo el profesor.

—¿No estará "eso" que buscas allá en la bodeguita? vayan a buscar, yo me quedo al pendiente.

La descarrilada hizo un gesto que significaba apúrate, el pájaro quiere alpiste. Fui tras el maestro. Evidentemente andaba más que dispuesto. El profesor, sin decir nada, se desabrochó el cinturón, se bajó los pantalones, se sacó la verga, se la sacudió. Engullí su miembro largo, grueso, cabezón. Mi primer chile por decisión soberana. Luego un manazo golpeó fuerte mi cabeza cuando me fondeó la verga y empujó la descarga viscosa.

—No escupas, trágatelos –gritó la descarrilada.

Había triunfado, no hice gestos ni vomité los ositos panda. La complicidad incrementó los argumentos de imaginarios carnavales en los albores de la peste.

5.

No sabíamos entonces que los nudos en nuestra colcha se estaban desanudando en el otro lado del planeta, se acercaba un corcel satánico al trote, anunciador del fin del nuevo paraíso conquistado. Con el artículo en femenino antecediendo su nombre, la Pamela me relanzó hacia un mundo excitante, sombrío y fugaz en los últimos minutos de la parranda con música texana.

Minutos antes del canto del primer gallo.

A partir de allí nos fuimos haciendo cada vez más a pedazos. Según su leal entender, Pamela se sentía monarca, sublime, etéreo, sólo con el aletear de mis labios en la reiteración casi cacofónica de la primera letra del alfabeto en la aliteración de su fuerza realmente campanuda: Pamela Verguera. Vibración elegante en un oído pasmado.

—Todos mis nombres en mujer suenan a puta.

Quizás Pamela tenía razón. Se la pasaba de lo mejor como bestia anfibia entre los intersticios patriarcales. Luego la dejé de ver, se casó, tuvo hijos, su barriga creció, un virus apocalíptico le maduró en lo más retirado de su vida heterosexuada.

Reía de todo y de todos en la broma depre de los años ochentas. Ataviada con ropa de manta, huaraches de correa y suela de caucho, con morral terciado al hombro, se sentía dichosa con su hombría excesiva. En realidad era muy feliz.

6.

Las mil dulzuras de Pepe el mayate. No sé ni cómo nos hicimos amigos. Lo conocí en los baños del mercado Juárez.

Se la partía duro de sol a sol. Era Pepe el peón de las flores para casorios y quinceañeras. Un trabajo muy mal pagado, pesado, agotador. Pero a Pepe le sobraba fibra para caer en los baños.

Los más fragantes niveles del detritus pestífero. Las simas más exquisitas de carne plebeya. Numerosa familia de migrantes, relegada en un cinturón miserable, en una zona muy marginada económicamente. Monterrey desarrollaba en Pepe un sentido del placer irritante, renovado, eterno.

(Ya se ha dicho que yo no dominaba los entretelones ni los recintos del amor equívoco. De la mano de una guía tan avezada como Alfaro y Pamela Verguera en las geografías del deseo subterráneo no me fue difícil entablar aquella relación con Pepe y su séquito de locas. Les caí bien, ellas también practicaban las artes de la mofa de alta calidad. Empezaban por lo más próximo, por ellas mismas. Las burlas siempre las iniciaban contra sí, a partir de sí no había reversa, no quedaba títere con laureles. Qué precisión en los epítetos, qué puntería, qué tensión en el arco vocal, qué hachas aladas salían de sus lenguas barrocas.)

7.

En los baños del mercado, Yamilé me presentó a otros discretos y bizarros personajes que se dedicaban a lo mismo. Asediaban, taloneaban, reñían por un imposible amante de atlánticos poderes. En aquella rebusca de ferocidades conocí a un entrenador, una loca machista de pelo rizado. Yamilé me dijo:

—Te presento a Bofelia Heliodora del Carmen.

Así se le había denominado al infeliz por su obesidad mórbida y un modo de caminar fatigoso. La Bofelia venía acompañada de un ingeniero químico. Un tipo alto, enjuto, seco y persignado, quemado como la Liendre Calva quien cambiaba a menudo de peluca por una precoz alopecia.

—A aquella le digo "Simplemente María."—le da un aire de maricón rascuache que da jaqueca.

No había escapatoria si llegabas a la mala hora. Me parecía encantador el modo en que los infames aceptaban los sobrenombres, los lucían entre los demás apestados que pululaban en las proximidades de los excusados. Por más cruel que me parecía el juego, yo sólo tomaba nota, le daba más vuelo.

Era sumamente placentero oír la calentura lumpen, bestial, del alma aún fresca bajo los auspicios de aquellos años pródigos. Aprendí nuevos códigos de supervivencia para sortear la mala vida en la atmósfera del ensanche demencial de la ciudad. Nos arrebatábamos con modos despiadados los espacios del ser algo, lo que fuera, incluso abyecciones humanas. Con tal de alcanzar virus o virutas de placer retorcido.

Esta efervescencia de vida risueña se derretía bajo los sombríos embates de una cauda de locas insólitas. La infección pasaba de pene a culo, de macho a marica, de semen a sangre. La fatalidad se iba trasminando en silencio, como la leche materna.

—¿Y a mí, cómo me dices, guanga maldita?

—Te lo voy a decir al rato, según vea por dónde se te voltea el huarache.

8.

Parvada de pajaritos en la central de autobuses. Simona llegó muy puntual a la cita. El bullicio era intenso. Ella le había solicitado a Wendy que nos sirviera de guía, nos diera un pequeño recorrido por el "ambiente".

Llegaban y partían los viajeros, otra ciudad, otros planos, otro país. Un mundo crepuscular lleno de oportunidades febriles, en pos de un cuero en ceros con impronta campesina. Simona me había dado lecciones acerca del significado del lenguaje de la hermandad entre jotas centralistas.

Secreto, sensual, eficaz. El centralismo era un eufemismo para designar los territorios espumosos de la comunidad de machos sombríos en el movimiento de pasaje terrestre. Aquel tapiz de burbujas, papirolas, cometas, uranos, mayates y locas de la central de autobuses nunca cuajó del todo por causa de las condiciones del mal tiempo: andaba un piquete de inspectores bien sobres. En un puesto de periódicos leí un titular en un periódico de nota roja:

"Juan Gabriel, ¡el Sida!

La advertencia no iba sólo hacia el ídolo de la poesía banal, iba directa para mí, para Simona y para Wendy, remolones maricas llenos de vitalidad y salud. Sin dar más importancia al asunto, nos pusimos a explorar sin brújula los lugares de acción deleitosa.

Sin mucha protección por supuesto. Estábamos a merced, en blanco, vírgenes, impacientes. Cómo íbamos a saber dónde nos estábamos metiendo. Nos habíamos presentado. Simona me humilló, me paró en seco. Murmuró rugidos entre dientes cuando le hablé de chico a uno nuevo con sombrero texano y ropa de campo.

—Si serás tarada, comadre. Lírico es más mujer que mi madre, tiene vagina de verdad, panocha, es marimacho.

—¡Cristo, perdón!

—No hay pedo, compa, ya estoy acostumbrado. Soy mujer, pero me encanta venir en plan de hombre a buscar verga.

Lírico se volvió a encerrar en su mutismo.

Un par de muchachos humildes cargaban sendos morrales, los pantalones manchados con yeso, pringada y santa lechería, sombrero de paja, tenis gastados. Wendy los apalabró, los presentó: "Las Yeseras".

Dos máscaras de barro sudoroso, parcas, hablaron:

—Yéssica.

—Yézabel.

9.

—Vamos, putas, que se hace tarde.

Simona no despistaba cuando indicaba los rumbos a seguir, lo hacía en voz baja, titilando. Los baños de la Alameda atraían a una muchedumbre de pelados. Los hombres siempre llegaban calientes, quién sabe por qué. Los sanitarios estaban ubicados estratégicamente en un ala del parque citadino. Era uno de los puntos más álgidos, más socorridos por los varones que venían de paso a estudiarse mutuamente, así de pródiga es la Sultana, mi ciudad natal.

Los hombres se plastificaban con semen en los excusados. Afuera las familias decentes vigilaban a sus niños en la fuentecita dedicada a Cri Cri, el grillito cantor. Adentro, en los vapores pestilentes los machos se dejaban admirar, engrosaban su miembro sin saber que se regalaban impunemente a la posibilidad del riesgo de padecer el "cáncer rosa", tan pródigo en la década-mortaja.

Pagamos unas monedas, nos dirigimos al mingitorio, atestado. Efectuaban dos o tres sus necesidades al tiempo que exhibían sus atributos. Había de todo.

Nos amontonábamos en el mefítico desagüe. Unos ofrecían sus servicios en rol activo, otros comparaban la mercancía con ojo exigente. Algunos ligaban con desesperación, otros nomás venían en plan cotorro.

—Más de tres sacudidas, ya es puñeta. –Me dijo por lo bajo Lírico. Observaba yo que un anciano no dejaba de agitarse el miembro, fláccido y espantoso. Sentí la mirada del tipo. Detecté al roto que ansiaba la compañía de un descosido.

Era sábado por la tarde, la función estaba a reventar con carne selecta de albañil. Mis amigos concluyeron el pase de revista, se asomaron bajo una portezuela. Me llamaron. Me asomé. Cuatro piernas peludas se remecían con cadencia. Simona sonrió, comentó:

—A ésa ya le están remojando los frijolitos.

10.

En los laberintos de los baños Capri había suficiente menú de cogederos reservados, independientes, más cotizados. Con vapor y mesas de relax, pasablemente higiénicas, con servicio de botanas y bebidas, el segundo piso estaba dedicado a sauna general.

En uno de los románticos apartados me entré un cadete que encontré gavioteando en los generales. Andaba de franco, salió del campo militar a mediodía para recorrer aparadores, le gustaba la bota picuda.

—Kevin.

—Estás bien guapo, Kevin, vamos a tomar algo.

Andaba el sardo cachondo. Le encantaba la acción diferente. Batallaba para ser aceptado en las cantinas por su aspecto militar, su apostura indígena. Hicimos excelentes relaciones en cuanto a temas en común. Kevin venía de Oaxaca, yo conocía esa ciudad.

Nuestros destinos estaban escritos. Nos amamos entre zarpazos y temores. Nuestros pasos nos llevaron a encontrarnos el alma en los baños Capri, atrás de la central de autobuses. Cómo olvidarlo.

11.

Monterrey llega a tiempo pero siempre tarde. Los ochentas empezaron a encenderse con enfermos que atestaban cuidados intensivos, hospitales desfondados. Llegaban en silencio, reventaban callados, morían sin gemidos heroicos. El tiempo de la peste estaba plenamente instalado en la mustia urbe, ésta sacó lo peor de su burguesía cristera. Recelaba, agitaba sus profecías fundacionales con espuma en la boca:

—Se lo merecen, promiscuos.

—En el pecado llevan la penitencia.

—Que les hagan sidarios y los encierren hasta que se mueran.

Monterrey llegaba tarde al futuro pero muy a tiempo para las grandes catástrofes. Como década perdida, los ochentas no estaban tan mal con el enjambre de niños artistas que triunfaban gracias al playback. Compensación de la empresa Televisa para cualquier déficit vocal de aquella infancia melódica. La ola pop latina se fundía con el tsunami andrógino de la Fiebre de Sábado por la Noche y la onda Vaselina. Se puso de moda la estridencia melosa de la música de plástico. La guerra en Centroamérica se acallaba con los ruidos circulares del rock descafeinado.

Las resistencias se percibían en el habla, giros eufónicos que rescataban los residuos de la insurrección juvenil y se feminizaban en provecho de un caló corrosivo, bien salpicado de horror virológico. Las locas bailoteaban y liberaban las pesadillas de la peste con sus manos ensortijadas, al vaivén del desfiguro maricón, con dengues mariposos desarticulaban la hegemonía del machismo que más se acendraba conforme aumentaban las estadísticas del vih y el sida.

Lo mejor de aquel paradisiaco drenaje lo encontraba uno en las discoteques, en las cantinuchas que parpadeaban con los chillidos de los Bee Gees y los contoneos de cubetas con cerveza Carta Blanca desde muy temprano y a punta de futbol. Por todos los rumbos de la geografía maldita los más jodidos se arracimaban en el furor del balompié, se electrizaban los menos en casas donde se daban cita los travestis amazónicos.

12.

Había que ir a casa la de la Amanda Miguel, se llevaría a cabo una reunión de machos con gustos heterodoxos. Resguardos del escándalo cifrados en los sub-códigos de la vestimenta transversa. Ja. Ja.

El clandestinaje homosexual en Monterrey tuvo su auge en el número creciente de industrias, donde se sordeaba el deschongue homoerótico. El desfogue se daba a trompicones y en doble vía: la ciudad ardía en lo oscurito sin embargo siempre llegaba a tiempo para las empresas emblemáticas que tanto lustre dan a nuestra cultura emprendedora.

Al albañil, al operador, al obrero calificado, al oficinista, le quedaba sólo el regusto de los otros machos que besuqueó en las cantinas de la avenida Colón, a la altura de la calle Matamoros, en los circuitos de la Alameda, y llegar a checar muy bien la tarjeta a tiempo. Los más decentes venían desvelados por causa de las nuevas tendencias en la cultura secular. Ya de expresión rockera, ya pop, ya comercial. Pero ante todo norteño-bróder. Los maricones de clase baja exhibían orgullosos un nacionalismo chinesco, un tanto insólito, y hasta hacían alarde de una identidad asociada a una revolución olvidada, atisbada a trasmano en las películas de la época de oro.

Los jotos éramos una especie en vías de extinción pero más viva que nunca. La especie podrida se manifestaba en la selección musical de los números artísticos y los vestuarios desplegados en los escenarios improvisados por los travestis en las terrazas y traspatios de las colonias orilleras.

Las Luchas Villas se plantaban en el redondel de un palenque imaginario mientras apuestos galleros con catadura de Jorge Negrete, ataviados a la usanza campirana, malencachados y endomingados, amarraban filosas navajas a su volatería invicta. Las Lolas Beltrán se paseaban entre macetas de rojos geranios y jaspeados canarios con desplantes arrogantes y corpiños de muñecas enjauladas, entre chiquillos sin camisa, hipnotizados con la magia mujeruna de la vecindad de las comadres.

Requería uno ninguna otra contraseña que un simple six pack. Se trataba de llegar normalitos y preguntar nomás por Amanda Miguel.

—Está allá al fondo, afinando el Toluco.

13.

Las reinas somos gente normal. Estampita de chavo entrón con tacones y lentejuelas. El mal rosa rompía, entre tanto, los destartalados armarios donde se resguardaba la varonía orgullosa con inclinaciones. La peste alumbraba una nueva penumbra: el deseo homosexual de los hombres casados.

Fue el sida, primeros años de contagio, porque los bisexuales salieron de su agujero. Los gays surgieron igual, como categoría epidemiológica para intentar comprender las dentaduras lógicas a una pandemia mundial. Un odio muy antiguo: el ambidiestro. La etiqueta perseguía los cuerpos desdoblados del mismo chavo alegre, noviero, modélico, deportista y trabajador, que aparece en la sala de esposa ilusa, fotografía vestida en raso y azahares.

El mismo chavo se escapaba los fines de semana a casa de la Amanda Miguel para travestirse cual Caponera. Como todos los seres de corazón sensible, ese chavo soñaba con cambiar el rumbo de miseria a través de las horas extras, exhaustas, en la fábrica de cerveza, vidrio, acero o cartón. Ah, la belleza del héroe en mangas de camisa. La estética macabra del sida los expuso gacho a la befa del tiempo.

La Amanda Miguel concluyó sus labores de mecánica automotriz, se echó un regaderazo vaquero, a toda máquina en calzoncillos en el fondo del patio se rasuró solo, se desnudó a la vista de los invitados venidos de todos los polos, se empezó a transformar en la reina de la tarde. La señora Poly, su esposa, la ayudó a elegir el vestuario de Bengala. La Amanda Miguel se lució cantando puras rolas de Juan Gabriel en voz de Rocío Dúrcal. Sus hijos aplaudieron a rabiar.

14.

La Yesi se calzó los altos estiletes, se alzó las tetas de hule espuma, se apretó las nalgas trucadas, se acomodó

la peluca platinada, realzó los labios con colorete bermellón, tomó el micrófono y salió. Calle Guerrero a cazar
machines, dicha a cambio de besos de baja denominación.

—¿Condones, preguntas?

—A pelo montaba la reina.

—¿No tenía miedo?

—Ese era el lujo de putas de teibol.

15.

Importante punto de ataque: Gym people.

—Hay que tentar la mercancía previo a todo, es una
regla dorada.

Enseñanza sapientísima de la Curra. El fisicocul-
turismo exigía un poco de dinero contante para atacar
los cuerpos aquéllos, los mejor trabajados. Qué derroche
de sudor, qué espléndida salud, qué culitos olorosos,
qué aroma a axilas y jabón barato. Qué manos tan sedien-
tas de mis pellejos.

Mamá en el cielo, hállome en disco-fitness. Millones
de aparatos de boxeo para pollitos, en el centro un
cuadrilátero del mercado Juárez. En la radio sonaba
José José, romanticismo viril y vomitivo. El patadón
de los pugilistas. Ellos afinaban guantes semiprofesionales
en costales de serrín, a mí me daba el soponcio de la
Prudencia. Qué de camaradería entre hombres. Paz,
putazos, sonrisas. Abrazos entre cuerpos en cueros. Un
dientito de oro me avisó que me quería para pronto.

—Ve sola, —dijo un comadre— que no se te note la pluma.

Un güero tiraba ganchos a pugilista imaginario. Hablaba con el pugilista imaginario.

Hice el gesto de me gustas mucho, me gustas mucho tú. Me bebí de un flash las maravillas físicas y metafísicas del presente con mirada braguetera. Eso fue todo, luego ir a los vestidores, hacerme pendeja. Puro trámite de loca apetente. Entraban y salían tantos, con la verga parada algunos. Bufet.

Leal a la bragueteada mayor, la más pura, mataba el tiempo ya muerto. Calentaba bañado para enfriarme sudado. El güero que hablaba solo apareció cortado, ensopado en sudores, cejas altivas hacia el letrero de no fumar, me tentó los huevos. Me palmeó, machito. En la bodeguita nos metimos y me dijo estás bien chula, clávome morrito en hoyo bien pedo. El Güero Mosco, campeón Walter sabe que me desfloró señorito porque hasta grité. Luego mi Champion boy se fue por el mundo a triunfar en pancracios.

16.

Canchar en descampado bajo la luz de la luna. Bajaba al monte a buscar comida. Le gustaban los chicos tiernos, imberbes, bonitos. Disecada, imperfecta, gíróvaga, templada en la ansiedad de un chavo lechudo. Tanto aprendió en los terregales.

Aprendió que para merodear en los llanos de futbol del área metropolitana debía verse normal, acompañarse de un balón y de una mochila con logo sport. Salían los duendecillos entre las matas, puro chaval muerto de sed. Parecía tranquila por fuera, por dentro hervía.

Santiago tenía aptitudes para envolverse a los morros. Sabía de ligas, liguillas, campeonatos y tablas de goleadores. Todos los hombres andaban de fiesta. Estábamos en una época intoxicada por el Mundial de futbol. Los mayates en ropa ligera y tenis tachones rumbaban a la verga la ciudad.

Hay un puentecito de oro que cruza entre las almas desoladas. Santiago me llevó hasta las faldas del Huajuco. Brincamos hacia los Bañitos de Boca.

Una delicia la corona salada de joven aislado que fumaba mariguana y que escuchaba a Pink Floyd, me rodeó con la tiara sagrada apretada en la frente, yo se la chupé afanosa, nomás se fruncía cada vez que mordía. Miraba yo a los ojos del varoncito, por cierto no parecían de loco malora. Después de mamar y coger avariciosos, le regalé monedas, como doscientos mil de aquella época para comprar más hierba. Abrazé a Santiago y me vine en un camión de pasajeros, bien pedo.

Amábamos tanto los cuadrantes foráneos.

17.

El Pareja estaba parado así nomás, pajareando. Frío el paisaje, honda la noche, de un carro sedán se asomó el Esposo. Venía con una esposa, vestida de blanco, a trasluz como de rosa, venía haciéndose la dormida; se agitó el pelo cuando pararon.

Pareja cortó cartucho, se puso en guardia. El esposo habló: "ella es Mía, quiere verga." Mía hizo un movimiento afirmativo, se acomodó el peinado y arrojó besitos. El Pareja respondió: "a ver hágase pa´ acá". Qué buena que estás le dijo el del uniforme. Se dirigió al esposo: si me sales con una mamada los tuerzo a los dos.

Cuando el Pareja dice palabra huele a sangre.

Salió del carro Mía. Como si flotara. Venía descalza, basural. Preocupación: no se nos vaya a cortar la niña. Se levantó el vestido y enseñó tanguita, sus nalgas bien redondas y duras. Cantaba una canción pegajosa, cachonda, Madonna, ¿Sería aquello un ángel? ¿Una carnada? El Pareja preguntó:

—Si le vamos a poner que sea pronto, ¿quién los mandó?

El chavo contestó: nos mandamos solos.

El Pareja mostró el miembro: "¿Tú crees que le guste?". El esposo se puso de rodillas, lo besó. El Pareja y Mía se acomodaron. Uno se ensartó encima de la otra. Seis pompeadas y se les salió el alma, como tributo de la época del sida.

18.

Hay quienes me critican por acostarme con policías, militares y guardias de seguridad. La crítica se funda en prejuicios, en el desprecio infundado hacia ese sector cuya sexualidad apenas se deja clasificar según las herramientas binarias con las cuales explicamos el deseo.

La crítica proviene del clasismo que hemos aprendido en casa. Luego se ve reforzada por la imposición de cierta normalidad en las relaciones atípicas entre los hombres. Culmina con la aspiración de formatos de decencia científica con la cual se pretende volver aceptable la imagen de los homosexuales en los tiempos de riesgo, enfermedad, estigma.

Nunca me tomé muy en serio las advertencias de otros maricas respecto al peligro que representa la violencia institucional de la soldadesca. Todos aquellos machos invariablemente respondían pronta y afirmativa a nuestras invitaciones. La mejor manera de abordarlos es la más directa.

El campo militar nos proveía de excelentes prospectos. Ellos participaban sin asustarse, sin dudar un momento, sin cuestionar. Como algo natural respondían gustosos y hasta proponían invitar a otros compañeros. Traían a la cita a varios camaradas de la tropa, todos de excelente prestancia, muy efectivos.

Ellos se vuelven una sola boca en los vapores azules de mis recuerdos mejores. Decenas de vergas en un solo macho. El miedo más importante que aquellos varones expresaban al momento de desnudarnos era su ano. Los uniformados, armados con pistola reglamentaria y gesto diablero, exigían algo muy fácil de cumplir: el tácito compromiso de nuestra parte de respetar religiosamente su aparato excretor. ¡Como si la hombría se reconcentrara en el hoyo por donde evacuaban los aliens sicarios!

Yo les decía: no se preocupen, no soy brincona. Les bajaba la ansiedad con un par de cervezas, y música neutral. Por mí no había el más mínimo interés en perpetrar el temido volteón a la hora de la fiebre, cuando uno más se entusiasma y se deja acariciar la línea divisoria. La emoción nos iba llevando de una posición a otra, suavecito.

Aunque ya estaba encima de nosotros la amenaza de la infección, la enfermedad no significaba gran cosa, no la poníamos como presupuesto a la hora de negociar las condiciones del contrato. Su frontera estaba establecida desde el origen mismo de su naturaleza como la fuerza activa en el toma y daca del poder.

Yo no me quejo, durante la segunda mitad de aquella insulsa década, mi especialidad a la hora del ligue fueron los uniformes, la infantería, los militares. Sus resistencias cedían en medio de los rigores del afecto, el dulce amor que todo lo dobla, lo conquista, lo perfora.

Uno de ellos, comandante, me invitó a su casita de interés social en un complejo habitacional que se estaba construyendo por el rumbo del oriente, allá en Guadalupe. Puso en la videocasetera una película porno de muy mala calidad, me dijo de manera muy seca mámala. Presidía la escena una fotografía del comandante con la esposa, flanqueados por un par de hijos en uniforme deportivo de los equipos de futbol locales: uno Tigre, el otro Rayado. La familia perfecta.

Enjugué con mi lengua desde los pliegues de su culo hasta la punta del glande, así estuvimos durante más de quince minutos. De pronto ordenó parar. Se volteó él solo, levantó la cadera y se inclinó. Separó sus nalgas velludas. Tajante ordenó: puntéale ai, compa.

Esto significa: métemela.

Por pláticas con otros maricas yo ya sabía que tenía que ocurrir el volteón milagroso más temprano que tarde. No me sorprendí en lo más mínimo. Aquel hombre feo, robusto, de ojos saltones y bigotes de bagre no dudó en honrarme su varonía, para que yo dispusiera de ella a mi antojo.

No lo perdoné, me estimuló ver a aquel macho en postura receptiva, rogando ser traspasado con mi infamia. Lo penetré con cierta dificultad. En la radio sonaba música de los Invasores de Nuevo León, un conjunto ranchero que ensalzaba el corazón del macho con despechos y traiciones de otras hembras... y otros machos.

El comandante ni siquiera me exigió discreción. Sólo me dijo: la tienes más gruesa y grande que yo, cabrón.

19.

El gremio de los militares es el más noble de todos los uniformados. Es bastante cooperador y no tiene tantas telarañas. Esto es así por su formación castrense más largas temporadas en campaña, lejos de los satisfactores urbanos.

El tema de la homosexualidad militar es algo muy misterioso. La milicia es mucho más abierta y menos recelosa de los esquemas erógenos que otros celan como fieras, los límites de su rol están más difusos. Yo recomiendo ampliamente a este grupo que en lo personal me ha brindado excelentes deleites.

Los soldados de los años ochenta eran raza discreta, cumplidora, aguantadora, y sobre todo muy dispuestos a besar en la boca, cosa que otros hombres no aceptaban casi nunca.

La ciudad de Monterrey, entumecida, no despertaba del santo sueño vaticano. El Papa Juan Pablo II nos bendijo y vacunó contra la maldad comunista. Nadie nos dijo nada de una pandemia como pocas veces vista en el planeta, el silencio tocaba a rebato. Así empezó el final de una época, en la verga de fuego de un soldado.

20

En una reunión familiar mi primo, médico pasante, comentó: "Los putos están cayendo como moscas". Los congregados del asador soltaron monstruosa carcajada. Brindaron por la desgracia:

—¡Qué bueno, a ver si se los lleva la verga de una vez!

—Jotos cerdos.

—Pinches marranos.

—Drogadictos del infierno.

Las bocas que escupieron aquellas toxinas eran del abuelo medio pedo, del tío que había desertado del Seminario para casarse y procrear una prole de diez hijos, de una tía conservadora y del joven Patricio P, novio de mi prima Esperancita. Patricio moriría víctima del síndrome de inmunodeficiencia pocos años después.

Fui a tramitar unos papeles en un edificio ubicado frente a la Alameda. Al terminar mi diligencia di un rol por el parque para tomar el fresco, buscar cotorreo o encontrar algún tema interesante, perder el infinito tiempo de la juventud. En una de las bancas estaba un chavo bastante apuesto, muy masculino, velludo, calzado con botas vaqueras. Se parecía al actor Lee Majors, famoso por la serie de tele El Hombre Nuclear.

Nos vimos, nos entendimos, platicamos. Ay, mamacita: su voz. Era más diáfana que la de mi hermanita. Salían por su boca sonidos como de cristal cortado, un aleteo de colibrí, ramilletes de blancos claveles. "Me llamo José Alfredo, igual que el del Caballo Blanco, pero me dicen la Peluche".

Naturalmente nuestro ligue no podía llegar a ningún lado. Éramos un par de locas buscando exactamente lo mismo: boleros, lavacoches, indigentes, chicleros, albañiles, algún chango con un triste átomo de virilidad. El paisaje estaba muy sin embargo.

La Peluche me preguntó qué sabía yo de Rock Hudson, el famoso actor, ¿tenía Aids? Así en inglés. "La Hudson es comadre, como nosotras"

—No lo dudo ni un tantito".

La peste tocaba con furia en el chismorreo de la ciudad mariposa y pendeja.

—¿Y eso del Aids cómo da?

—Parece que viene de los negros africanos, lo transmiten a los maricas y los drogadictos.

—Uf, mana, estoy salvada. Yo soy güero de rancho, ni siquiera fumo y siempre me acuesto con machitos.

—Dicen que en el río Santa Catarina hay más movida que aquí, ¿vamos?

Y fuimos. De pasada quise llegar al periódico El Porvenir a visitar la redacción. Tenía que revisar un asunto de trabajo. Recordé que la Secretaría de Salud Estatal estaba ubicada muy cerca, en un edificio hermoso estilo art Decó, frente al periódico El Norte. Le propuse a José Alfredo llegar y preguntar por el Aids en las oficinas de Salud.

—Vamos, quien quita nos salga un médico mayatito, por cierto en esa profesión abundan.

—No me gustan las batas blancas, son de mal agüero.

—Mi estómago es universal. Lo único que no he probado es la papaya.

Al llegar pasamos de largo a través de las oficinas del Correo Postal y de varias mesas donde los anticuarios vendían libros de viejo y discos LP. Nos presentamos ante una recepcionista, le expusimos nuestra solicitud. La chica nos vio con extrañeza, se comunicó por el conmutador con alguien más enterado, nos pidió esperar. Nadie apareció.

—Perdonen, pero no tenemos nada de información sobre esa enfermedad, ¿es la del mosco?

—Parece que viene del África.

—Entonces ustedes buscan algo sobre el dengue, llévense este folleto.

—¿Condones, tienen?

La recepcionista nos miró con una mueca de asco, nos echó, amenazó con llamar al guardia. Salimos de la Secretaría de Salud con una hojita tamaño carta, mimeografiada, borrosa. Esa era toda la información que el gobierno tenía sobre el sida: nada.

—¿Para qué quieres condones, flaco, quién se baña con paraguas?

Llegamos al río Santa Catarina a husmear el territorio. Nos tendimos a buscar aventuras anónimas, violentas; toxinas. Estudiábamos con ojo aquilino el pedregal y las canchas polvorientas. Caminamos con dirección oriente desde el puente del Papa. Los chacales brotaban y blandían sus sexos entre la maleza, se vendían por unas monedas a la vera de los hilitos cristalinos de agua fluvial que apestaba a mierda. La Peluches triunfó de inmediato en el lecho infamante, frente al hospital del IMSS.

El sida acabó en dos años con la Peluches, el Hombre Nuclear, después hizo pedazos mi cómodo sueño de regia inmunidad.

PD. Tohuí, el osito panda que enloqueció a mi patria no era macho sino hembra. Nació el 21 de julio de 1981. Murió el 16 de noviembre de 1993, a los 12 años, víctima de una crisis microbiana. Sus restos fueron disecados y exhibidos en el Zoológico de Chapultepec junto a sus padres Ying Ying y Pe Pe, y su pareja macho Chia Chia.

"Veinte estampas a color para un decenio negro", pertenece a la antología *Las reinas somos gente normal*, publicada por Tilde Editores, 2016.

12

LA REINA DEL TEXANO

¿Das chance? Ándale, que te cuesta. ¿Te vas a portar gacho? Desde que te vi me pareciste conocido. A lo mejor en los baños Reforma. Quién sabe. Iba allí hasta tres veces por semana. Ya no. Mejor vengo a los Orientales porque son más limpios, y están cerca de mi casa, que es la tuya. Pero yo creo que ya nos habían presentado. Mala memoria. No siempre encuentra uno niños tan bien despachados. ¿Cuantos años, Alfredo?

¿Es tu nombre verdadero o el de batalla? No te hagas. No te creas. Mis respetos. Quítate la toalla. Al cabo no entra nadie. Todos se van al turco, nomás estamos los dos. Quiero ver tantito. Te cabreas. ¿Quieres una cheve? En un momento la traigo. Es más, le gritaré a Pablito para que nos sirva. ¿Conoces a Pablito?

No tengas pena. Soy bien reservado. ¿Entonces? ¿Te la quito yo? Nomás un relax y ya. Ándale, por fa. En el ruso está más cachondo. Pablito le abrió todo el volumen. Bruto, no se aguanta. Aquí estamos bien. En el turco hay mucha raza. Si quieres nos vamos a otra parte.

¿Otra cervecita? Sí, claro, no hay fije, yo disparo. Pablito es bien comadre mía. Amigos desde chiquitas. Joto finísimo. Antes era cantinero en el Texano. ¿Fuiste alguna vez? Hace dos años que lo cerraron. Aquí en Guadalupe, por la entrada a los panteones, a la orilla del río, viniendo de Monterrey. Allí yo era reina. Armábamos ambientazo. Ahora que lo clausuraron, más de uno me echa de menos.

Una que es veterana sabe hacer muy felices a los hombres. Qué relajo tan bonito. Los fines de semana era amanecida segura. Sobraban pelados, a cada loquita nos tocaban hasta tres. El día que pusieron los sellos de Salubridad nos mandaron a la chilla. Es difícil volver a empezar. Una ya es vieja. Cerrando el Texano cada quien agarró para su santo. Pablito vino a caer aquí. Su hermano compró los sauna. Hasta se anuncia en el periódico, antes ni que esperanza. Los están remodelando padrísimo.

Así es como muchas jotas se vienen a los Orientales, detrás de la Paulita. Saben que hay onda. ¡Vamos a los baños Orientales, chulos peladitos, y bien jaladores!, dicen. Se ve que tú no eres del ambiente. No te apures, soy discretísimo. Te encuentro en la calle y no te conozco. No como otras. Una vez me pasó que en el Texano fiché un cuero; al punto pedo me hizo bailar en una mesa. Me puse una peluca de otra....

Para no hacerla tan larga, los músicos que tocaban aquella noche fueron a alegrar la boda de uno de mis hijos. Que me van viendo entrar, muy digna yo, del brazo de mi esposa. Al verme se empezaron a hacer señas entre ellos. Qué bárbaro, qué vergüenza. Pero los musiquillos aguantaron vara, nunca se atrevieron a echarme mosca. Muy finas personas. Otra ocasión me los encontré en una cantina, me llevé a uno de ellos. Soy muy agradecida.

No sé si viste a un señor güero en la entrada. El que estaba hablando por teléfono, sí el de bigote. Yo le sé sus movidas. Ahorita anda de novia con el masajista. Le conozco todo pero no soy para andarlo quemando. Yo le digo ay manita, pero si ese muchacho parece tu hijo; la muy perra me contesta: "sí, pero tú serías su bisabuela". Así nos llevamos, así de bonito nos perriamos.

Es hora de que le están dando su desayuno. No llena. Pero ese güero también es muy reservado, nada de andar como las otras que llegan muy machas y al rato las ves con sus poses, chorreando silicones. Pobres lobas, todos les hacen el feo. Pablo me ofreció el cuartito bodega, para cuando se me cruzara un galán. Nomás hay que pedirle la llave. Tiene catre, almohadas, sábanas, toda la cosa. Haces lo tuyo, ¿quién se enteró? En esto uno debe ser muy natural, muy serio.

Déjame tentar, no seas así. ¿Me vas a dejar con el grano en la lengua? Anda, no te des tanto pavo. Se te va secar la cosa por falta de uso. ¿Quién nos ve? Nadie. Solamente que vayas y cuentes a todo el mundo. Ya te dije que con Pablito no hay problema. Somos bien cuatachas. Juntas hacíamos unas pachangas brutas en el Texano. Un día pregúntale. Lo clausuraron porque los vecinos empezaron a protestar. Un ambiente padre, los mayates ya nos conocían, nos bailaban toda la noche. Ya ves que hay unos peladitos muy mamones. Allí no hacía falta vestirse de vieja para que nos invitaran. El revolcadero entre las mesas. Desmadre rico. Una vez me hicieron rueda. El mayate echado. Yo como rana. El a duro y duro, y todos aplaudiendo. ¡Qué tiempos!

Pero, qué casualidad, aquí viene Pablito. ¡Hola, mana! Ven, perra. Quiero presentarte a mi amigo Alfredo. Está todo chiviado, no se anima. Le repito millones de veces que aquí no hay borlo. Sí, ya sé que el cuartito lo tiene ocupado la güera. Míralo, Alfredo se muere de miedo. En el cuartito nadie nos molestará. Llego primero, tú entras después. Y nadie supo. Pablito es muy buena onda. Cualquiera juraría que no es pulpo. Ah, pero que no le busquen por la mala porque se vuelve una fiera repartiendo guamazos. Lo que tiene de marica lo tiene de bravo. ¿Otra cheve? Aquí, yo digo, todos vienen a lo mismo: a comer hasta llenar. ¿Ya te vas? No seas gachín. Deja ver, ándale.

"La reina del Texano" originalmente fue publicado en el libro *Guerreros y otros marginales*. Conarte- Conaculta, 1993.

13

ESTRUCTURA LAGO DE OLVIDO

Entramos a la vereda de la vecindad, atravesamos lago de Olvido, flota caca de niños.

Infinito, interminable tramo de la galaxia en caída libre, y yo en la complicada reinvención de lo que fue la noche con Fortino, reventando en ascuas pero sin decir su nombre.

Uso, reciclo fragmentos de otras orgías para sustituir la figura del renegado. Termino de una buena vez con la historia. Describo la biografía de alguien que es cualquier matachín o nadie, porque un buen mamadón nunca se niega, menos una culeada si es cuero.

Tanto hablo de las virtudes del ponedor que se me arruga el cogote y aprieto el fundillo, vuelvo a la carga para exorcizar cualquier rastro de traición.

En ese momento seguro Fortino se rasca los güevos en otro lecho. Bendito dios que habitas en los colmillos de Perseo Perseverancia, déjame vivir allí, en el fondo de salón Azteca, boca de lobo, no me pongas de enemiga.

Voy a salir.

Cómo, es muy temprano, no hay chacales en el horizonte.

Todo el país, toda la puta galaxia, es un enorme nido de chacales.

Cúmulos galácticos alterados por una melancolía desde el estribo.

Viajemos en una de las expediciones que hice más allá de la mar lunar.

Recuerdo que subí al expreso púbico de Fortino.

Me desliza a través de la campiña salpicada de extensos arañazos y bosques de altos pepinos. No alcancé asiento en el perdón de Perseo Perseverancia. Todo lleno su camarote de incrédula sustancia. En los compartimientos privados mis recuerdos desayunan en torno a una mesita de odio, los niños juegan en la vecindad atareados, se esfuerzan en adelantar las pendientes de mi desvarío. No los envidio. La comarca se ha despertado con muchos deseos de pintarse con tonos rabiosos, a trancos verdes, por momentos azules. Borreguitas parecen las nubes, bajas, gordas y pesadas, bien alimentadas por el aliento del cabús en lontananza.

Nostalgia de sal, despacio, ya recuerdo.

Pegaba más carnes al deseo.

Quemaba trece años. Y se me desbordaba la mirada por las nalgas de tanto machín. No había castigo ni tregua. Era esta sed encarnizada, momificarse en el modelo patriarcal.

O nada.

Fortino, aquí en confianza, guapo, soy maricón fichero.

Me encanta la marcha.

Practico campismo, senderismo, exploración, lunadas, rancheradas, caminatas sin rumbo. Las piernas se estiran, el alma se relaja y la espalda se arrana con el peso de una mochila bien cargada con antigripales y mil chácharas inútiles para enfrentar cómodamente la vida salvaje. Loca romántica, aún tengo fe en la purificación espiritual de quien mortifica las plantas lejos de la plata falsa de la ciudad. En uno de esos trotes temerarios se me cruza un tipo. A los dos segundos de intercambiar miradas lo saludo con un muy viril ¡eit! Desde el rabillo él me mira cómo ando volada, babosa, perdidamente enmarañada del magnífico doncel. Me presento. Barbarie donde dice su nombre.

¿Te acuerdas, Fortino?

En sus ojos leopardos no hay nada para mí.

Cero sentimentalismo.

Vengo de la esfera galáctica de los eternos perdedores, él se conduce con sobrada certeza en la infinita selva donde se monta a pelo, exclusivamente para solaz de cualquier primo de Texas.

Como compañero de ruta Fortino resulta el guía perfecto: siempre callado, vivaracho, amable. Madurado al sol de los solares. Qué agilidad y resistencia la de los huaraches nativos del pedregal. Busca una yegua mansita, garañón de fuste.

Aquí se corta el camino.

Aistá la orilla del barranco, vengase pa acá, está más padrote.

Padre mío.

Me trae Fortino a maltraer.

Ligeras mis zapatillas deportivas, gastan aladas las brechas espinosas al pie de un cerro con forma de bola de cuyo nombre no me puedo acordar, en la mancha requemada de mi sufrido pasado, en una provincia famosa por el habla golpeada y los machitos al pastor. Senderea la grácil gacela con el recio Fortino cuando acaece el coyonostle, también conocido como entraña o lengua del diablo. Es un cactus fálico, largo, carnoso. Candelabro de Drácula. La cosa más fatal que le puede suceder a una cuinita que sale al monte a buscar lo que nunca se le perdió con un matachín tabú.

Mema.

Por seguir de pegadito al deleitoso Fortino con el coyonostle me topé. Tropiezo de lleno con una de sus pencas. Quedo prendida, apuñalada, bien ensartada. No me suelta el jijo. Entre más lucho por extraerlo, más se refunde el infeliz.

Broca, estaca, tranca, pitón.

Atraviesas mi alma, feroz picahielo.

Aquí me tienen, aturdida, ignara, estire que chille, chille que estire. Y nada. El colmillo satánico no me suelta. Se viene el espolón con el pellejo. Lo quiero arrancar de tirón pero más se escarnece con picudencia. Entra más y más y más, ávido de mí. Hasta que desde una peña me divisa Fortino.

Pos qué pasa, Andrómeda, maestro.

No entiendo por qué los hombres de mi incumbencia me cargan inmerecidas coronas masculinas. Lo detesto, pero me aguanto. Yo que quería pasar anónima, insignificante, agropecuaria, pueblerina. Nunca falta quién me saque el precio.

¿A qué se deberá?

Pos na, Fortino, que se me encajó esta fregadera.

Ya se jodió, es coyonostle. A ver, hágase pacá.

Y me hago pacá.

Fortino de mi devoción, aromas la tierra con sudor acedo de borrego cimarrón. Hasta el coyonoseké se me olvida. Me explica la estrategia del cardo: entre más lo estiras pajuera más se mete padentro. ¿Se puede entender la vida sin pleonasmos? Fortino pleonásmico, como locución de Lucha. Me coge bien fuerte de la mano y a los ojos me mira.

Hermoso, malvado, los bigotes ahuehuetes, me advierte:

Esto va a doler, compadre.

Extrae Fortino de su virtuosa funda un fierro leonero. Quemó la hoja de la navaja.

¿Me vas a degollar, precioso, si apenas me conoces?

Maniobra delicadamente. Corta la carne viva, saca el insidioso tronquito, echa mezcal en la herida, la cubre con un trapito.

Ya va a pasar, cuídese.

Acerco mis labios al pomo de alcohol, desfalleciente, marícamente dramática. Fortino sonríe.

"Estructura lago de Olvido" es un capítulo de la novela de reciente aparición *La estructura de Andrómeda*. Tilde Editores, 2021.

14

AZUCENAS COLOR ALABASTRO O LAS ESCENAS FUERTES VIENEN AL FINAL

3:59. Agustín Lara. Tienes que escucharlo con el culo chino en la madrugada sucia. Amarga la boca de varios pasones. Todos se han ido, unos trastabillando otros abrazados y los menos nos sordeamos en el rincón inmundo de la vieja casona. Quedamos yo, Kalimán y una mujer metiche que por Feis dijo llamarse Azucena:

Llevo en mi alma una cruz de dolor
que arrastro por la vida,
Mi tortuoso calvario de amor fue una mentira.

4:02. Sensualidad, cruz, pluma, falacia, los celulares destilan betún en el pastel fosforescente de la cursilería desvelada por este trío sospechoso de bugas. Afuera arde bajo la Luna la patria perdedora con un corazón amantísimo pero en el cuerpo equivocado. Me quemo por dentro en la órbita de este Kalimán. El problema es la cortesana, la Azucena.

4:10 Ella amachinó con el Ipod y con el Kalimán, joven taxista y vicioso.

Ella se hace cargo de las ruinas de la parranda con voz de lija. Artística, vaporosa, reconstruye la emotividad destartalada. Son largas, mortales sus tardes frente a la máquina de coser. Corta pelo, vende cocas y pastillas locas a los traileros, choferes de taxi, drogos y basura lumpen. Debajo de su piel hay costras arqueológicas de maquillaje ordinario, mascarillas a base de verduras putrefactas. Le encanta mamar verga.

Agustín, dice Azucena, tienes que escucharlo con los huevos (4:12):

Tengo tanta tristeza regada en los surcos
que abriera mi llanto
que por eso te quiero que por eso te canto.

La cifra sentimental, la cuenta roja de pesares subjetivos e intransferibles arrastra con los tiliches desparramados sobre el peinador. Me consuela ver las incontables muñecas mientras escuchan tan atentas a este Agustín Lara rococó, todas con soberbios peinados, exquisitos brocados; listas para recibir en lencería mariposita a sus maridos modelo. Ningún muñeco tiene sexo.

Las notas del bolero son ramillete malsano, perfume más refinado que el de las cremas faciales y los sprays para el pelo.

Agustín, insiste la piruja, la impertinente, la beoda, tienes que escucharlo con las pupilas encendidas:

Sueño con la paz de tus ojeras hecha
con violetas de maldad.

4:16. La infame rebatiña de amores equívocos, pienso en esta la perra para quien sólo existe el preciso apretón de bragueta aplicado con avaricia en la entrepierna de Kalimán. La caída en el afán sexoso es irremediable. Pero las escenas fuertes vienen al final. Canto, me gano el derecho de volver a pararme frente a sí, reflejada falaz y voluptuosa en el escenario de mi abandono. Según el tono de la canción es la textura del gesto irrisorio, la mueca indigna.

Agustín, remuerde Azucena con insistencia fastidiosita, tienes que escuchar sus pixeladas cuerdas:

Deja que se duerman mis quimeras en
tu franciscana soledad.

La braguetera se sabe única, insustituible, insufrible actriz principal en la pantalla de plata, piel cacariza de estas paredes enyesadas. Recita la estrofa, doblada de pena con el cepillo del pelo a modo de micrófono y un público inexistente pero hipnotizado que arroba y da muchos laikes, manitas arriba. Babosa. Yo la sigo más concentrado en la cheve y en que ya se acabó el hielo. Sierpe fiel y amenazante. 4:18.

Esta señorita no tiene llenadera. Ni ganas de ahuecar el ala y dejarme al verguitieso Kalimán

Agustín, rechinga la damita, tienes que escucharlo con la cabeza toda adentro:

Yo quiero beber en tus mejillas tu febricitante palidez.

¡Febricitante! Lo pronuncia el Ipod con fraseo arrastrado, exhausto, como recibiendo los píos óleos antes del último empellón. Pero la palabra, gema polisémica de entrañas crípticas, de enigmáticos reflejos, significa: libérrimo, calenturiento. La vagina aventurera qué va a saber de hermenéuticas doctorales si la fonética se le derrite cuantoantes en su boca culipollo; se le frunce en los labios camarones que esperan el beso extremo, sanguinario, apache.

Agustín, tienes que escucharlo desde la tragedia tuberculosa:

Y he de sorprender en tus pupilas todo
el secreto de tu languidez.

En este marco de lirismo mórbido se dan las condiciones para confesarme en toda la bajeza de mi pecado insatisfecho, mi falta de honestidad, lo inmoral de mi lance. Vengan acá cobardes, coman de mí, soy su delito flagrante al colocarme en el pasillo de la recámara a ver si Kalimán se saca el pito y de una vez comience el desvergue. En la vecindad ratonera se oyen los espasmos de doña Luchita, prepara el lonche a su hijo que entra a las 6:30. Con oídos edulcorados espío a través de las rendijas los pocos coches que transitan. Quizá la dama del alto drama sabe lo que sabemos, pero ella se distrae en un encaje de tul y floripondio que saqué de un cajón secreto.

Estoy fisgando a la pérfida la de los ojos color sarcoma y perlas en los colmillos, a las ruines consecuencias me atengo.

Agustín, tienes que escucharlo de hinojos:

He sentido la espina de tus rencores
Pagando así la deuda de mis amores
He sentido la espina de verte ajena
A ti que me juraste ser siempre buena.

Tres pasos atrás, Azucena, ya de perfil, ya arrogante ante el espejo, esconde apenas un rictus de malicia despechada. Actuar es según su leal imitación algo natural, se le da supremo. No se imagina que en ella se revela algo muy bien ensayado pero vulgar. Quiero imaginar y no la veo a lo Columba Domínguez-Acacia en el maizal solariego; o desdoblar en Dolores del Río-Raymunda, cómo se ruega por el amo del Soto, hacienda maldita.

Azucena es picuda, orgullosa parásito del amor negado, afiliada al loquerío rumboso sólo por chuparle la sangre sanguijuela a los portadores del sida mengüante, el huevecillo disecado. 4:20. La morra más consentida del barrio del Kalimán, muy socorrida por liviana, nada puta, que las afloja por cachonda. Destrampada panochita, pastelillo hipercalórico. Yo no la conozco mucho. He oído rumores.

Agustín, tienes que escucharlo con el delineador en el ojo tumefacto:

A ti, mujer ingrata, pervertida mujer, a quien adoro.
A ti, prenda del alma, por quien tanto he
sufrido y tanto lloro.

Agustín Lara sigue en putiza, 4:22. Los pasos en el piso superior son de Lucio-Lucida, mi jota madrina querida que me enseñó los secretos doctrinales de Agustín, el cursi más labioso, rey cachondo del puterío sodomita, mil años antes de la epidemia rosa que arrasó el jardín de flores amartajadas en barrio de tlacuaches. Conocí a Agustín gracias a los discos babeados de Lucio-Lucida, la loca estilista y estilizada que mi papá explotaba bien a sus anchas. Le bajaba billete para el vicio. Ella le prestaba los acetatos con tal de educar oídos albañiles con texturas amaneradas del desvarío hecho canción, así pretendía mantener vigente la exclusividad en el embrujo de esos brazos machos, dorados por el sol, lumbrosos de bronce y canela de mi viejo.

Mi papá es el pela´o más hermoso que ha dado esta tierra de bellos machines, lo dice la Loba.

Pero Azucena, que no conoció a mi papá, está enculadísima de Kalimán. Se nota que se deja picar la panocha y apretar las tetas de piedra bola, nomás por culera.

Agustín, tienes que escucharlo con las venas cortadas:

*A ti consagro toda mi existencia, la flor de la
maldad y la inocencia
Es para ti mujer, toda mi vida, te quiero aunque
te llamen pervertida*

Mi papá era un mayuyo de los grandes, súper, cumplidor. Cuántas mujeres y locas lo disputaron en serio. Todas querían tumbarlo a la verga y devorarlo a dentelladas. Yo padecía exagerados ataques de celos, desvelos ante el infinito asedio. Y el nombre de mi mamá, la mujer más santa del santoral diabólico de este barrio rabioso, se entregaba socarrona al juego.

Agustín, 4:30, tienes que escucharlo con los güevos:

Cada noche un amor
distinto amanecer,
diferente visión...

Cómo quiso mi mamá a mi jefe. Pero el amor de mi papá por la tomada y la grifeada siempre fue superior a todo, al mismo temor de Dios. Le pulió las alas a las putas, vestidas y jotas del rumbo. El cariño que le profesaba a mi mamá era como de cumplido, paternal, aunque más limpio. El de mi mamá era un amor sencillo, puro, silencioso y dulce, aunque destructivo.

El amor que yo sentía por mi papá era espumeante, una llaga infecta de violencia y seducción.

Agustín, tienes que escucharlo con aliento de lava y jazmines:

Cada noche un amor,
pero dentro de mí
sólo tu amor quedó.

Por eso yo entiendo a Azucena. La verga es la verga simplemente es la verga. Más allá de ese horizonte no hay más que indigencia, desvarío, incendios. Odio a las paparruchas, entrepiernas babas, indignas de mis luchas.

Descaradas, ofrecidas. Oí decir a mi papá: "La boca de Beba es la gran mamada".

Beba lo amaba más que a nadie.

Agustín tienes que escucharlo con febril respiración:

Oye te digo en secreto que te amo de veras
que sigo de cerca tus pasos aunque tú no quieras
Que siento tu vida por más que te alejes de mí
que nada ni nadie hará que me olvide de ti.

Azucena brincona cambia de pista, dedo con remate en uña de acrílico y dibujitos de Walt Disney. Putita. Observa el reloj digital de mi cómoda, 4:35.

Es temprano, exclama. Se da cuerda ella sola. Se ha vestido con un delgado blusón que encontró en el tacho de ropa sucia, monta sus estriados glúteos en mi calzón de viuda negra, se pone mi peluca ala de cuervo en el casquete desgreñado.

4:41. Enfatiza con dedo índice y mascarilla las ojeras de muerto. Se arrulla con música de Agustín. A secas lo nombras, altanera, como si no existiera Jesús el nazareno.

Agustín, tienes que escucharlo desde el fondo de un sueño:

Mi rival es mi propio corazón por traicionero...

4:42. Azucena se crece al rechazo de Kalimán que busca mi verga infructuosamente. Yo me hago pendejo, busco unos tacones de charol debajo de la cama, elevo las nalgas selenitas, duraznas, chayotes peludos y apestosos.

4:43. No tienen para cuándo irse estos cabrones.

4:44. Déjame.

4:44. Yo quisiera.

A las seis cierro y nos vamos tomar café y comprar barbacoa para la resaca, les advierto. La chava alcanza el cenit sobre las hipodérmicas de los zapatos charoles. 4:45.

Estos imbéciles.

4:46. Ella envuelve la lámpara ocasional con un retazo carmesí.

Se recuesta líquida, extensísima en la sobrecama de holanes y volutas como nubes color ocaso imperial. Toca sus tensos chamorros con dedos largos, se lamenta de la alfombra de vellos impertinentes en la epidermis. Me mira con desprecio. Burbujea a carcajada batiente.

Comprueba la posición, el encierro, la mentira deslizada en mi entrepierna. Todo en orden. Kalimán cruza las piernas prietas. Fuma otro porro.

La pantimedia enmarca la mascarada de la varonía. ¿Cómo me veo? Azucena apenas puede contener una risilla.

Agustín, tienes que escucharlo en los acetatos lluviosos de mi abuela Lupe la Sorda, oficialmente ciega:

Dame un poquito de tu amor siquiera
dame un poquito de tu amor nomás
dale a mi boca la ilusión primera
es el beso que nunca olvidará

La putoncita disfruta el dulce escarnio de las palabras morfinas, dulzonas, infecciosas de Agustín Lara en mi colección de clásicas. Perversa. Sonríe. Y se adecenta envolviendo su gruesa estampa en el raso de la bata palmira de mi hermana Beba. Se ahoga entre rojos terciopelos con aplicaciones de peluche negro imitación conejo.

Agustín, tienes que escucharlo entre malvas y alhelíes:

Porque deja la huella insensata del primer olvido
porque así como yo te he querido, no querré jamás.

Beba siempre traía regalos jotitos. Beba fue mi madrina de confirmación, lo recuerdo. Por eso la confianza, la histeria trasminada, la complicidad. ¿Qué me diría si supiera que le presto sus trapos a otra perra?

"Dejé mi disco de Agustín en casa de Lucio-Lucida, anda vuela, tráilo". Su habla arcaízante revela el trazo parroquial que adquirió como muchacha quedada, solterona catedralicia. No puede esconder su raíz estancada en el campo hediondo, garrapatoso, harapiento cuando estuvo casi diez años en una orilla olorosa a hollín de leña mojada en un ejido de hambre, zopilotes y tolvaneras, a cambio de cuidar al abuelo Manotas.

Cuando Beba me mandaba por los discos de Agustín Lara yo corría escaleras arriba, a cambio ella permitía ponerme sus trapos de putilla. Me regalaba revistas de modas. 4:49:

Las revistas que más me gustan son las de lucha y box, para ver a los gladiadores en calzoncillos y amplios y luminosos pectorales.

Agustín, tienes que escucharlo nada más escucharlo nada más escucharlo, chingado, qué belleza:

Tus pupilas eran de fuego
tus pupilas eran de luz

y la sombra de tus ojeras
era un pedazo de cielo azul

Por ella conocí a Agustín. Lo oía todo el día en casa, en nuestra casa, más mía que de ella, en la calle jugando, cuando me hacía la puñeta, cuando mamá lloraba, cuando papá se nos moría cirrótico, chupado, víctima de las toxinas de su amor insensato por la botella. Agustín en la trastienda y en el estanquillo, en la luna y en el cinturón de asteroides, en el aguacero, el estío, la helada y la cosecha. Beba puso una miscelánea donde vendía cocas y hacía las funciones de bruja y sobandera. De ese negocio vivía yo. Beba me cuidó hasta que fui mayor.

"En el rancho el Magueyal fui acosada por el abuelo Lorenzo, se le puso tener un hijo conmigo".

A los noventa años quería cogerse a Beba. Pinche viejo. Que se retuerza en el averno. Beba, me trataste con muchas atenciones y sacrificios, me cuidaste cuando enfermo por el huevecillo, me diste consejos de amores cuando se me encendió el culo por otro chavo.

Beba atendía las citas de mis maestros en la escuela porque mamá no sabía leer.

Agustín, tienes que escucharlo con un ángel a tu lado:

La luz a tus ojos robé
la miel en tu boca bebí
el mármol de tu carne acaricié
y el oro de tus rizos sacudí.

4:50

Azucena se levanta al escuchar golpes en la puerta. Se huele las axilas, comprueba que el colorete de sus labios mamadores mantenga intacto los brillos vampiros. Detrás de una cortina de plástico estampado con pagodas aparece mi papá seguido de Beba. No estamos delirando, no son apariciones. Azucena espantada se hace ovillo en el blusón, se ladean mis muñecas.

Beba se recuesta al lado de mi papá. El succiona sus pezones.

Agustín, tienes que escucharlo con la lengua desbarrancada:

Como un abanicar de pavos reales en el
jardín azul de tu extravío,
con trémulas angustias musicales se asoma
en tus pupilas el hastío.

Beba lo besa en el cuello, muerde sus lóbulos, se desespera y engarruña las manos tarántulas. Mi papá se le sube encima, la asfixia, abre con la manaza la boca de mi hermana, la escupe con un gargajo. Ella devora las babas.

Agustín, tienes que escucharlo con resignación:

Es que quieren volver tus amores
de ayer a inquietarte
y me pueden robar el divino
pensar de adorarte.

4:56. Maldosos.

Mi papá abre la bata de Beba, me entretiene con caricias tiernas en las mejillas, encaja sus garfios en los peluches de conejo. Con un pie el Kalimán se arranca el otro zapato, lame la proa opulenta de Azucena, muerde sus pezones arándanos, desciende hasta el ombligo, frota el pelambre fibroso de su pubis, se desarma el cinturón.

Campanilla de metal la hebilla barroca cuando besa el suelo.

Agustín, tienes que escucharlo con los entresijos:

Es que quieres sufrir y volver a vivir tus desvelos,
o es que matan tu amor poco a poco
el dolor y los celos.

Papá desvela el fantasma que con tanto esmero escondí entre mis garras. Me brota la virilidad nada falsaria: tomo por las ancas a Azucena, la ensarto en cámara lenta. Salta el trozo de carne amoratada de Kalimán, lo engullo, le doy el toque final a Azucena que se arquea lagartona alhelí, a lo pelón sin condón.

Agustín tienes que escuchar el reloj: 4:59:

Has perdido la fe y te has vuelto medrosa y cobarde;
el hastío es pavo real que se aburre de luz en la tarde.

"Azucenas color alabastro o las escenas fuertes vienen al final" forma parte de la antología *Monterrey 24*, editada por la Universidad Autónoma de NL. 2018.

15

LA LUNA ES UN TIBURÓN

Dulce aroma de la mariguana en la madrugada insomne del zaguán, donde tú y la Sensaciones se han instalado a presidir el imperio de iresyvenires del tiempo y los destinos de las malas sombras en estas horas malditas. De lejos viene la luna carnalita. Seguro acompaña a algún nochador, algún incauto, bajo un destello de vidrios rotos. El eco de un trueno distante claro dice tu nombre. ¿Qué más dice? Quién sabe, porque en eso se detiene un coche y la Sensaciones se estira, boa, culebrita, gata, dragona, reina de las alacranas. Salta impelida por el claxon. Se abre una portezuela. Las invitan. "Suban, mamitas". Tú no te mueves. Sensaciones, cremosa, se unta al calvo que las mira con los ojos hechos agua desde la oscuridad abierta del coche. "¿Se te ofrece algo, papacito?" Tonos de agua puerca que uno reconoce con profesionalismo. Sensaciones te da el monedero a guardar: "Aquí nomás voy a la vueltita, no te me duermas, mana". Se ajusta la guarnición de las tetas, desabrocha un botón a la mini que la enfunda muy apenitas, se sube al auto, y se va porque suya es la noche.

Surgido de la nada porque no hubo luna que lo pariera ni trueno que lo avalara aquí nomás te llega llegando este pelado dándote consejos: "¡Ay chiquilla, hijita de mis desventuras, no le recomiendo andar tan solita por estas calles llenas de peligros; me la van a madrear, linda muchachita, la más pequeña de mis flores!" "¡Ay niño mío", piensas, "lo de linda te lo agradezco, pero el consejo guárdatelo porque más lo necesitas!" Lo miras gargantona desde tu penumbra. Cabeza Cuadrada viene algo pasadazo de copas allende las piqueras de Guerrero. Plof, sin invitarte enciende un cigarrillo. Tsss, con el flamazo del encendedor tu rostro se ilumina. Te ve azorado. Así de canicones abre grandotes los ojos. Se da cuenta de lo que eres: "¡Ah chirrión, si pareces la viva muerte!" No sabes qué hacer o qué decir al Cabeza Cuadrada que te hace la corte horrorizado, seducido, por tu calavera maquilladaza. Clac clac, taconeo sobre la acera. Es la Sensaciones que retorna. Seguro te va a sacar de ésta. Sensaciones tiene los controles de lo que es y debe ser la vida en este pedestal, es la dueña de todo el tiempo del mundo. Y hasta de la voluntad de este peladito que al verla llegar se pone a manosearla, besuquearla, morbosearla. Ella mueve con elegancia sus traicioneros apéndices y se estira la minifalda y se retaca las espumas en sus inyectadas chiches y le da juego a Cabeza Cuadrada que va derecho como tren y no va a detenerse. Así la señora de la noche te salva, pone un mar de cocodrilos de por medio cuando se lleva al güey tan necio, quien ahora escupe un sonoro gargajo, marrano, a ti dedicado.

Pasos que se acercan. "¿Quién será?" Pero quién más iba a ser. Es la Sensaciones que regresa jiriola de la mano del mismo cabrón que te gargajeó. "¿Vendrá por mí? ¿Me dejará sola con él? Qué güeva". Es que andas voladora, papelito, al capricho del viento canicular de la Sensaciones. Tan lela estás, que hasta un gato mirón se burla de tu estampa, pero el peludo diosecillo no vino a hacerte la guerra y sigue de largo ignorando tus pesares. Tú embobado con la escena del macuarro balanceándose abrazado de la cintura de Sensaciones, quien trastabilla montada en sus filudos tacos. Ya los claros fulgores de luna musitando están un murmullo tenaz, una pregunta vehemente: "¿No te queda un cigarrito por ´ai, comadre?" Así de amable pide una quimera que hace escala en tu tribuna. Así es en esta hora canalla. Ellas llegan de pasadita y fraternas saludan en medio de la lucha por la pagadora bragueta. Qué curioso que se parezca a Sensaciones. Es que todas nos parecemos a Sensaciones. Todas somos la Mujer de Blanco con diadema de serpientes. Las espumas de la niebla amanecida, las que espantan a los niños del vecindario. Le das su cigarrillo a la Quimera. Ella dice tenkiu. Sigue de largo flotando sobre el pavimento líquido a hacer su noche, a triunfar entre cuchilleros, a morir estrangulada. Ay qué romántica es la puta vida. Quimera grita desde media cuadra: "¡La chamba está muy floja, aguas que por ahí anda el Chino jodiendo, quiere su pago!" La comadre levanta el brazo, manda un beso volador, dobla la esquina y se pierde para siempre. La Sensaciones le hace una señal que significa vete en paz y cuídate, manita, que la luna hoy salió brava, es un tiburón. Pero qué le va uno a hacer. Son los designios del manifiesto ritual del brujo Eutimio.

En eso rueda que te rueda un Corvette flamantazo, placas texanas, vidrios ahumados, despacito, fisgón; se detiene frente a ustedes. Es el Chino. Lo sigue una patrulla al acecho. Pero no hay nada que temer. No hoy. Casi siempre la poli viene a jodetear. Hoy no, porque la ley está para protegerlas. Los chotas cuidan, custodian, resguardan, escoltan al Chino y su preciosa clientela. Que nada malito les pase en la transacción; que tú y la Sensaciones no se conviertan en ángeles malos que rompan los tratados y convenios de alto pedo. La poli vigila que todo se haga conforme a las pacíficas reglas establecidas en la violencia navajosa del sector lobero. Así es, my friend. Hagan sus enjuagues en paz. La unidad 306 aparcada está, vigilante, antes de cruzar Guerrero, con las luces apagadas. Sí, Guerrero, la galería de las mil piqueras malamuerte, donde les es tan fácil desplumar borrachines; por lo que naturalmente las tienen aborrecidas. El Corvette plateado baja la ventanilla eléctrica, sofisticado como la noche lunera. Preciosa la puta nave. Ya sabemos a lo que viene. La

Sensaciones se hace la desentendida. Fuma y se acicala el pelucón rubio rizado que se le ve majestuoso. Ella no tiene prisa. Y es que nunca ha tenido prisa cuando de pagar las comisiones de la noche se trata. Ya sabemos que el Chino viene por lo suyo, pero esta noche ha estado muy floja. "Mira, Chinito, que hoy es nuestra primera incursión después del accidente de mademoiselle, que nos anduvo con el culo todo hinchado con las diarreas que no le paraban".

"Paciencia, mis niñas, que ya caerá algo". El Chino, experto narcojotero, tiene razón: algunos clientes buscan barrocas especialidades, artes que sólo ustedes dominan. Por eso cada cual se da su tiempo para enviar mensajes codificados: tú a ella, ella al Chino, éste a los de la patrulla, y luego de regreso. Al fin jactanciosa, entre contoneos que ni vienen al caso, Sensaciones se acerca al Corvette, mete su retacado cuerpazo por la ventanilla y algo habla con el bigotón, voltea y te pregunta: "¿No se te ofrece algo, querida?, hoy el caballero anda de buenas y nos fía hasta la próxima semana". Chino bendito. Trae grifa, chochos, pastas, coquita, heroína, jeringas, piedras blandas y duras para cuerpos enrabiados que tanta urgencia tienen de exprimirse la pus del día. Vaya que te apetece un churrito. En la lectura de las semillas de ébano el brujo Eutimio advirtió que los viejos hábitos no deben ser abandonados. Uno puede cambiar de ciudad, de vestido, de peluca, de amante, y hasta de manera de morir, mas nunca dejar así porque sí el aroma espeso del perfume a petate de un buen churro bien ensalivado por diestros labios mamadores. Dices: "bueno, venga un poquito de hierbasanta".

A lo lejos percuten, jara jara, las carcajadas fantoches de otras locas que también buscan al Chino. Se quedan a esperarlo allá, en aquel punto del universo: una escalinata de esmeraldas, un portal de oro, un zaguán de rubíes, donde pueden negociar a gusto con el bateador estrella y no invadir territorio ajeno. Ay noche metálica. Ay qué armonía en estos pavimentos espejeantes, azabaches, en estos cielos turquesa. Para que no quede ningún elemento desclavado en este escenario de insomnios, mientras el Corvette rueda despacito y la nave nodriza de la poli lo sigue como ángel de la guarda armado hasta los dientes, la Sensaciones canta boleros. Desenrolla el envoltorio que les dejó a crédito el buenazo del Chinito. "Esta grifa es la dotación para toda la semana, querida, debemos administrarla con mucha responsabilidad", dice la precavida. Regresan entonces a lo suyo, al paréntesis de Cabeza Cuadrada que les resurge de las sombras. Se despereza. Se pone a orinar aquí nomás, a tu lado, tan cerquita que extiendes la mano y te mojas en su chorro caliente. Hueles sus meados y los pruebas con la punta de la lengua. Compruebas que estás viva. Te enerva la sacudida de la navegación en mar picado. Se te eriza el pelambre. La erección duele en tu verga enclaustrada. "Orale, mana, échatelo", ladra Sensaciones. No hay como la noche para sentirse plenamente protegida en estas calles de vapor untuoso y canícula concentrada. Es agosto y sobran motivos para el crimen. Contienes el aliento y lo sueltas, fuelle agujereado. Aunque apenas ayer llovió, los labios se te han secado cual terrones. La sangre se te ha convertido en dura trementina. Detienes el aliento, lo sueltas, repites varias veces: "Odessa tú estás viva."; sudas frío. Te dices: "Odessa no estás viva". Juegas a esconderte en el rincón de tus miedos. Sabandija metida en un hoyanco donde nadie percibe tu feliz existencia. Eres trapo empapado en gasolina y no falta el estúpido que saque el encendedor y chau, allá va el meteorito quemando su cáscara de bengala, plaf, explotas con ruido sordo, se ilumina la bóveda verde plomo en el cielo de cristal. Ves que la Sensaciones se va yendo. Se encamina calle arriba y de un salto se pone a distancia para que el macuarro te levante y te lleve a lo más rinconoso. El se resiste, se excita, se detiene, se agita, se desconecta, se arrepiente, se queda sentadito en el escalón del portal. A lo lejos se escuchan risotadas. Vienen de la alta y glamorosa figura de Sensaciones, perdida en la penumbra donde fuma su churro y grita: "ya te dije que te voy a pagar, cabrón, cúmplele a mi amiga". En eso pasa un grupo de chamaquillos desarrapados, garrosos, asesinos, corriendo y tirando chifletas. "Tú no tengas miedo, mamacita, te protege tu macho"; aunque ya de cerquita el que habla te hace muecas. Qué raro, tú ni una protesta, ni una maldad te sale. Pura sal. En tus dientes, en tu piel, transpiras sal, y de sal son tus uñas y tus venas, son puro vapor de sal, porque de sal son los hilos que te estiran a la fosa donde viven todas las estatuas de sal de la historia. Te duelen las espinas de sal de tu corona que reluce con la sal de las estrellas. Si saliera el sol también sería de sal. Tan seca la sal de la calle como tu lengua marchita en esta noche de humor salino que se quiebra en moruzas de salitre. Cabeza Cuadrada se coloca muy cerca, se baja los pantalones. La visión de su chile flácido detiene por completo el tracatraca de tus pensamientos. Ay, te lo ofrece su pitirrín. Pobrecito. Te ahoga la ternura, la compasión. No, gracias, deseas decirle. Pero te gana la risa. "No te rías, pendeja", esto es serio porque él dice "chúpala y no me mires con tus ojos de calavera". Uh, tan comprensivo él. Te hurgonea, hace su labor. Sus manos buscan tus orejas. Qué cariñoso el chichifo maldito, con su olor a orines y quesito añejo. Te crispas y glub, succionas el caramelín. No hay respuesta, no hay química, no hay señal de vida. Es que los fantasmas ya no pueden calentar a nadie. El se tironea, se agita, se cascarea el miembro. Qué aguado, qué yerto, qué estúpido es este animal desobediente, infiel, rebelde. La bestia no despierta, qué vergüenza. Quisieras decirle "vete de mí, déjame con mi deshonra". Que ya se vaya este macuarrito, que no te deje, que mal rayo lo parta. Qué extraño que hoy no desees, no concibas, no toleres la consagración de una buena cogida sin la cual alma alguna puede seguir llamándose humana. Pero la costumbre es la costumbre, por eso duro y dale, sigues entercada con el palito ensalivadosito. Lo lames ávida, perruna, mordiscosa, arropando, arrullando, con el terciopelo de tu lengua pantera, con la seda de tus dientes tiburones, con la dulce canción de tu garganta jirafa.

Qué desgracia tan grande. No existe otra desventura como ésta de recibir la bendición de la vida nomás por nada, aunque sea someramente, a pedacitos. Adivinas, especulas acerca del sabor, la textura, la consistencia de lo que hay después de este pequeño, ingrato, accidentado, metesaca. Es frustrante. Da rabia que nunca sepamos qué hay debajo, en verdad, en el centro de este instante en el que sólo podamos entrever los latidos los pliegues, debajito de la suave dureza de la verga madre que va y viene feliz por la vida. Así dale, brioso maricón, obediente a la voz de mámala, que así lo ordena el Cabeza Cuadrada, el rey, tu amo, tu señor. Tú nomás lo miras con ojos de niño amenazado. "Trátala bonito, así es, así, qué te cuesta m´ija, yo te la doy de todo corazón, chiquilla". Y entonces ya no puedes más, no soportas tanta belleza. Ahhh. Aullido de la Odessa, del hombre perdido que retorna de la sed asesina y de pronto, paf, ha caído de bruces en un manantial de agua fresca, dulce, saciadora. Con tu grito asustas a la Sensaciones que viene y te reclama: "¿qué tienes, pendeja, por qué gritas, estás complicando el numerito, pos qué más quieres, chingao". Retoma por su cuenta los controles. Antes que la nave se hunda, su mano experta conduce la mano chilera del macho, y le dice convincente: "aguanta a esta perrita, dale tiempo, tenle paciencia, es muy nueva". El macuarro quiere más porque ellos siempre quieren más. Se soba y resoba el sexo. La Sensaciones se aboca a concluir tu inconclusa labor, pero sorpresa, el peladito quiere a toda costa ofrendarte a ti, sólo a ti, su milagrosa erección. Sensaciones entiende su mensaje. Ella es más joven que tú pero más sabia. Se le ocurre algo: ven, gózate aquí, papito. Se voltea obsequiando sus nalgas rotundas. La mano del deseo se lanza rauda, impelida por un resorte nuevo en una trampa vieja. Tú repasas la parte del guión que tendrás que cumplir para bien de todos, como si de ello dependiera el hilo cortito y cagado de la vida. Qué güeva la vida. Tantas obligaciones para morirse tan pronto. Pero igual cumples. Piensas: es hora de largarse, estoy fatigada. Pero Sensaciones, que también tiene el don de la telepatía, sabe lo que pasa por tu mente. Te dice con las manos: "ni modo, princesa, los machos no aceptan cancelaciones". Ya no hay escapatoria. Imposible ponerte a resguardo de la verga infecta y deseada. Sientes un hervidero de hormigas regenteando tu despellejada conciencia. La Sensaciones se ha hecho a un lado como quien deja encendida la lavadora automática y sólo supervisa los ciclos de burbujeo-enjuague-chacachaca. Aquí al lado, recargada en el zaguán, ella se retoca con angelface las mejillas, se seca la frente, se espanta las miradas que le dedicas con tus pupilas enconosas. No puedes ni debes desatarte y escupirle tus odios. Ella tiene las palancas de la noche. Mejor anudas tu voluntad a las enaguas de los hechos sin anverso ni reverso porque esto ya fue escrito en las tiradas de bulbos de Eutimio. Tiene que ser cumplido su mandato. Frotas y frotas.

La vida fluye tranquila por los ríos de tu asco. Esto es prueba de que algo trascendente ha sucedido muy adentro de tus mares de veneno. Te rebelas: "yo no estoy para pendejadas trascendentosas ni para los pases de magia de la loca de Eutimio, que sus brujerías se vayan al carajo, aunque estén dando resultado y le anden haciendo el milagro al desahuciado, al escoriado, al repugnioso". Después de todo es más fácil habitar en el pedestal de la certeza, del calendario ya marcado con sus horas contadas; dar vueltas y vueltas por pensamientos conocidos en un mapa mental previsible, donde sólo habita la aterradora certidumbre de estar muriéndote con todos sus costos y consecuencias, donde sólo se espera lo mejor de lo peor. Pero qué le vamos hacer si Sensaciones ahora te mira sin verte con sus ojillos de pájara nocturna y el hombre aprieta y te truena el casco. Qué mejor coartada para aplacar de una maldita vez los tamborazos que repatean en tu anegado costillar. Ahh ahh, Cabeza Cuadrada se da su tiempo en limar con su verguita tu hastío, el mismo tiempo que Dios se tomó para crear esta inmundicia terrenal. Ahh ahh, te la mete fuerte y te la clava en tu corazoncillo de seda. Ahh ahhh, se vacía muy adentro de tus pesares. Acalla tus tam tam de guerra interior. Los quejidos del macuarro y de tu corazón desbordado se escuchan charchinosos cual película porno en el cine

Lírico. Ah ah, los quejumbres son ecos lejanos, confundidos con alguna tormenta canicular. Ah ahhhh. Cabeza Cuadrada se aparta y queda hecho una garraleta en cualquier cuadrante de la topografía loberosa. Sensaciones se abre el chichero. Sus manos nerviosas entran y esculcan y arrojan a tus manos el premio de un churro. Tomas aire. La ves con amor infinito. Con odio incontable. Dices: "gracias, manita". Y enciendes temblequera tu liado y aspiras shuuuu todo el humo que puedes de la hierba sagrada. Enjugas una lagrimita reptilesca. Al fin eres dueña de una risotada limpita, honrada, jubilosa, satisfecha por el obsequio concedido. Y quizás pienses que la otra posibilidad, en una noche sin posibilidades... como si el destino que ya está escrito cumplido y vuelto a escribir tuviera otras opciones...la otra posibilidad, decías, era exponerte a la suprema violencia sobradamente representada por Cabeza Cuadrada. Desafiar su orgullo macho y ganarte tres patadas y dos puñetazos fatales que rompieran de una vez tu fastidioso bolsón de zozobras. Aniquilar piadosamente a la reina sin derecho a la guillotina, fuzz, la navaja limpia cortaría tu garganta virusienta. Ni modo, reinita a ti no se te van a dar esa clase de lujos ni privilegios. Ni hablar, querida, hay que seguir cumplidora con tus graves responsabilidades reales y presentarte en palacio para las abluciones nocturnas de la cotidiana purificación. No reinita no protestes y no pienses acudir con Eutimio para reformular el destino y pedirle, rogarle: "no quiero más tanta dicha, porque me dolerá más la caída, el putazo, desde tan alta órbita". Esta noche ha sido un paso limítrofe, sin retorno, donde cada cual hizo su parte. Y así, ¡gloria a Dios caradeperro!, te reintegras a los circuitos del púrpura, del bermellón, del violeta de la noche loba y pagana. Ves que las naves del daño arden mar adentro de tu sangre carbonizada. Ni quién oiga tus desatentos himnos porque tu saliva es puro barro podrido, tus ojos se alistan para regresar a la vulgar mediocridad donde farfullan tus achaques. Ah, quieres irte muy lejos, allá donde tu dormir detenga los crujidos de tus huesos, pero ya no es posible desfallecer y despertar y quedar tan fresca lechuguita. Aquí seguirás por los siglos de los siglos hasta el amen del juicio final. Tan prontipuesta, respondiendo a las bromas de la Sensaciones, con los arrestos intactos para seguir riendo, jiar jiar, dando tragos de aire sin rumbo, de aire desnudo, venenoso; de aire feliz de comedia en blanco y negro. La admiras a la Sensaciones, amiga del alma: "me has dado a beber del cáliz y eso siempre se agradece". Es de buenos cristianos decir "gracias, manita". Aunque a veces la odies tanto como tanto la necesites. Y porque es una hembra que no cobra sus favores, no te tendrá compasión; no es de las que se dejan debilitar por ánimos sensibleros, artilugios rosa pastelito, frasecitas pintadas a mano. Como si fuera posible salvar al prójimo del horror con más horror, aunque venga envuelto en palabras chiditas. Lloras porque los tipos duros también chillan cuando debe uno chillar. Dices quedito "quiero regresar a casa". Es un decir. Te refieres a esa madriguera podrida de humedad y moscas. Sensaciones te responde: "ya no llores, queridita, te merecías este macho y todos los que quieras, nomás pide porque en el pedir está el merecer". Te limpia la cara con su blusa. Cabeza Cuadrada se huele las manos curtidas con su propio semen. Las tuyas babas se las limpia en el pantalón, con ganas de borrar el suyo horror de coger con los muertos. Haciendo a un lado la masa sanguinolenta de tu momentánea redención, el caballero cobra puntual y rufianesco sus honorarios a una Sensaciones que, sea lo que sea, tiene palabra cumplidora. Le da dos billetes de veinte y adiós macuarro de mi vida. Hasta nunca mi cielo. La dama de las centellas regresa a tu lado, se pinta los labios, te acomoda bien bonita, derechita, anciana Bette Davis en silla de ruedas, y enfilan felices cantando hacia donde se muere la noche.

"La luna es un tiburón" fue publicado en el libro *Ruta periférica*, UANL, 2008.

NOTA BIOBIBLIOGRÁFICA

Joaquín Hurtado Pérez nació en Monterrey, México, el año 1961, dentro del seno de una familia muy humilde. Desde muy chico se apasiona por la lectura. Al terminar la Secundaria estudia docencia e imparte clases de educación primaria en comunidades muy pobres, remontadas en las cañadas de la sierra Madre Oriental. A inicios de los años 80 regresa a su ciudad natal para continuar estudios superiores. Intenta estudiar Literatura pero las condiciones económicas no eran las propicias por lo que deserta de la Universidad. Escribe sus primeros textos que empieza a publicar en el suplemento *Aquí Vamos* del diario *El Porvenir.* Obtiene una beca en el Centro de Escritores de NL, donde concluye su primer libro de crónicas urbanas, *Guerreros y Otros Marginales,* que contiene narraciones sobre los sectores citadinos brutalmente excluidos del acelerado crecimiento industrial y económico de Monterrey. Irrumpe el VIH/Sida en su vida mientras redacta su siguiente obra, Laredo Song, en la cual retrata personajes y situaciones claves que la pandemia desvela durante esos crudos años. Su siguiente trabajo Crónica Sero (2003), gira exclusivamente sobre el Sida y los efectos terribles que provoca a nivel personal, comunitario, social, político, sexual, sanitario que el autor va registrando conforme pasan los años y la pandemia sigue en aumento. Son en su mayor parte reflexiones y testimonios publicados durante muchos años en el suplemento *Letra Ese del diario La Jornada* de la CDMX. Es autor de más textos que van siendo recogidos en antologías, revistas, periódicos y libros propios. En 2006 gana el Premio Nuevo León de Literatura con la colección de narraciones y crónicas *La dama sonámbula*. Todos estos escritos son compilados en su *Obra Reunida*, editada en dos tomos *Vuelta Prohibida* (2017-2018), que publicó la Editorial Atrasalante. En 2021 lanza su primera novela *La estructura de Andrómeda*, que aborda con mayor profundidad y con total desparpajo sus temas predilectos y obsesiones literarias, el libro fue editado por Tilde Editores. Actualmente se encuentra jubilado del magisterio, vive en la ciudad de Monterrey, practica las artes plásticas, pero continúa dedicado a la literatura y a seguir luchando como activista por los derechos humanos de la diversidad sexogenérica y de las personas afectadas por el virus de inmunodeficiencia humana.

ÍNDICE